LES FRUITS VERTS

Jean-Paul Malaval

LES FRUITS VERTS

Lucien Souny

I

Au bas de la rue de Vaugirard, deux jeunes filles devisaient à la terrasse d'un café. Tout juste vingt ans, à ce qu'il paraissait. L'une aussi brune que l'autre était blonde. Elles portaient des jupes courtes, comme cela était de mode en ce temps-là, à mi-cuisses. Le soleil printanier dorait les immeubles cossus, l'avenue encombrée de piétons et de voitures, et, plus loin, la petite place où s'agitait une grappe de pigeons. Les deux filles se laissaient aussi caresser par le soleil qui figeait leurs mouvements, comme des lézards. Et tout autour d'elles semblait prisonnier de la même langueur. Rien qui fût, pour autant, lourd et pesant, comme ces canicules assommantes, plutôt l'ensorcellement qu'apporte, soudain, le retour des beaux jours après les tristes journées d'hiver saturées de pluie et de grisaille.

La jeune fille blonde s'amusait à faire sauter par un tressautement du pied le toupillon de cuir qui ornait sa sandalette. De temps à autre, elle regardait avec gourmandise sa menthe à l'eau. Elle retardait l'instant d'y tremper les lèvres, sachant qu'elle happerait son verre d'un coup, incapable de résister à la fraîcheur poivrée du liquide.

Sa voisine éloignait d'un petit geste insistant les cheveux raides coupés à mi-cou qui envahissaient son visage. Elle avait posé devant elle, sur la tablette ronde, ses grosses lunettes de soleil. Cela l'agaçait de mener une conversation avec cet objet sur le nez ; les gros verres fumés lui donnaient la désagréable impression d'être isolée du monde environnant, comme si tout l'univers perceptible était tout entier retenu dans le seul cadre de ses montures.

— Les copains de Nanterre ont bien de la chance. Chez eux, au moins, ça bouge.

La jolie blonde dressa les yeux sur son amie qui venait de parler dans une sorte de soupir.

— Je me demande bien ce que je ferais à Nanterre.

— Tu es un peu bourgeoise, à ce qu'il me semble, et Nanterre…

Coraline haussa des épaules. Ce n'était pas la première fois qu'Izabelle lui jetait une telle réflexion dans les gencives. A croire que ça lui faisait plaisir de la mortifier. Car elle n'avait pas été sans remarquer combien les origines petites-bourgeoises de sa voisine pesaient sur sa tranquille assurance. Pour être tout à fait dans les goûts du jour, elle eût sans doute cent fois mieux préféré appartenir à la classe laborieuse, dont les fils de bourgeois eux-mêmes se plaisaient à glorifier les mérites, tant le sentiment de culpabilité régnait chez la jeunesse estudiantine.

— Ce n'est pas de ma faute, se défendit-elle, si mon père m'a envoyée à la Sorbonne. Avais-je le choix ? A une époque où, paraît-il, il faut avoir de la conversation et une bonne culture générale pour dégoter un bon mari…

La fille brune parut offusquée. Et sur ses lèvres charnues s'imprima une moue de surprise.

— Tu ne parles pas sérieusement.

— Bien sûr que non. Nous, les jeunes filles modernes, nous nous devons d'acquérir un bon métier, de préférence intellectuel, si nous voulons être prises au sérieux dans l'avenir. Les places nous seront comptées. Et on ne nous fera pas de cadeaux. A la moindre défaillance, ce sera la rétrogradation. Ce n'est plus comme autrefois où une première partie de bachot suffisait à faire son petit effet.

La jeune fille brune, que l'on avait coutume d'appeler Zabelle, éclata d'un rire si fort qu'il fit retourner les voisins de table. Pourtant, depuis quelque temps, cela ne surprenait déjà plus les éclats de voix, les ricanements provocateurs, les mines frondeuses, sur le visage de la nouvelle génération. La société s'habituait à ces poses insolentes qui consistaient le plus souvent à prendre son monde à témoin, presque machinalement. Zabelle était ainsi faite à vouloir faire partager à tout le monde ses humeurs ravageuses, ses états d'âme extravertis. Elle y réussissait souvent, du reste, ce qui compliquait d'ordinaire le fil des conversations, lorsque les témoins, pris à partie à leur corps défendant, s'en venaient jeter leur grain de sel.

— Tu n'as pas l'air de prendre tout ça au sérieux, insista Zabelle en faisant rouler sur sa voisine un beau regard bleu.

Coraline jeta une jambe sur la chaise qu'un consommateur venait juste de libérer.

— J'aurais voulu faire une carrière de soliste. Mais c'est trop tard !

— Tu veux dire que…

Et Zabelle fit mine de balader un archet sur un violon imaginaire.

— Ça se saurait, ma jolie. A dix huit ans, je savais que ça ne marcherait pas.

— A ce qu'on raconte, tu joues sacrément bien.

— Oui, pour amuser la galerie.

— Alors, tu seras professeur. Professeur de violon dans un conservatoire de province. Ou peut-être musicologue. Tu n'aimerais pas enseigner la musicologie ? Révéler le grand secret des partitions...

— Ça ne m'enchante pas.

— Ça n'enchante personne de travailler. Au moins serons-nous arrivées, si tout va bien, à réaliser une partie des rêves de nos parents. Ma mère voulait être institutrice. Alors, je serai enseignante dans un collège. Elle n'arrête pas de répéter : « Tu ne mesures pas la chance que tu as... » Tu le crois, toi, que c'est une chance ?

Coraline fixait la pointe de sa chaussure qu'elle balançait d'un bord à l'autre de la chaise.

— Ma mère, soupira-t-elle, je n'ai jamais eu avec elle ce genre de conversation.

— Bien sûr, fit Zabelle d'un ton pointu, elle n'a jamais eu à travailler. Quand on a un mari médecin... La mienne est à l'usine. Elle tire ses huit heures de galère tous les jours. Et le soir, il faut qu'elle s'occupe de mon père. C'est de la vieille école, à se faire servir. Je parie que vous avez des domestiques ?

La jeune fille blonde se détourna, excédée.

— Tu m'embêtes à la longue avec tes états d'âme. Ce n'est pas la peine de lire Marcuse ou Reich du matin au soir pour ne pas admettre, une fois pour toutes, combien la société est inégalitaire. Pourquoi les types de Nanterre se révoltent ? Et pas ceux de la Sorbonne ?

— L'université ouverte à tout le monde, c'est une chouette idée, défendit Zabelle. Plus de sélection. Les mêmes chances pour tous.

— Je crains qu'on se dirige vers de grandes désillusions, répliqua Coraline. Il y aura toujours un filet tendu sur nos pas, et toujours aussi peu à passer au travers des mailles, même si nous parvenons à y tailler quelques ouvertures. J'ai compris ça au conservatoire. J'étais dans la classe de Jean Fournier. Impitoyable, ma jolie. On avait une manière de vous faire comprendre qu'il n'y a qu'un Heifetz par siècle. Et le reste, du déchet. De luxe, s'entend ! Juste de quoi remplir les pupitres des orchestres. Et encore... J'ai auditionné cent fois, sans succès. Pourtant, je voudrais que tu m'entendes dans les *Sonates et Partitas pour violon seul* de Bach.

— Je n'aime pas ta désespérance, fit Zabelle en venant lui saisir une main rétive.

Coraline ne prisait guère sa manie de venir toucher, à tout propos, les êtres qui l'entouraient, comme si elle avait besoin de se prouver leur matérialité. C'était une familiarité dérangeante, aussi dérangeante que son insistance à troubler le silence, tous les silences, qui la dérangeait. A croire que la vie nourrissait en elle ce besoin, incessamment, au risque d'y perdre le souffle.

— Je suis assez lucide, ma jolie, répliqua Coraline en éloignant sa main. Ça évite tellement les désagréments de regarder la vérité en face. La vérité toute nue. Celle qui nous insupporte. Sinon, on pourrait en arriver à se dédoubler, à côtoyer des vies imaginaires.

— Tu n'as jamais eu le désir de te réveiller dans la peau de quelqu'un d'autre ?

La jeune fille ne se donna pas le temps de réfléchir. C'était le genre de questions qu'elle éloignait résolument, pour avoir décidé, une fois pour toutes, que celles-ci ne lui seraient d'aucune utilité dans la vie. Elle savait, elle, mieux que personne, qu'elle ne serait jamais une grande violoniste. Et surtout, elle ne voulait laisser à quiconque le droit d'en juger, si d'aventure on avait eu le désir de l'en convaincre, par flatterie — comme cela se faisait communément dans le petit milieu des artistes.

— Moi, expliqua Zabelle, je peux me jouer plusieurs rôles dans la même journée. Pour m'ouvrir l'imagination, il suffit de quelques objets. Regarde.

Elle se mit à fouiller dans son petit sac. Et comme elle n'arrivait pas à se dépêtrer du désordre, elle versa le contenu sur la table. Puis, elle tria quelques objets nécessaires à sa démonstration, qu'elle disposa entre les verres, un à un.

— Un bâton de rouge à lèvres incarnat. Un autre violet. Violet, as-tu vu? Et le mascara. Du khôl. Et ces petites paillettes électrostatiques. Ça tient à la peau tout seul. Tous ces machins donnent l'illusion que tu changes de vie. Puis, les lunettes noires. Ça effraie sur un visage. Ça effraie tellement les hommes, parce qu'ils ne savent plus si tu les observes ou si tu les ignores. J'en ai même de toutes rondes avec des verres bleus. Ça fait glamour. Bref, l'essentiel est dans le malentendu. Tu crées de la confusion sur ton image et, ensuite, tu tires ton épingle du jeu. C'est fou, non?

Coraline détourna les yeux du fatras auquel son amie était en train de mettre bon ordre. Il n'était pas nécessaire de regarder autour pour constater qu'elle avait réussi à capter toutes les attentions. Surtout qu'elle avait prononcé ces paroles sans retenue, assurée de son auditoire. Pour un peu, elle n'eût guère été surprise qu'on lui demandât quelque autographe, car elle ressemblait à une de ces nymphettes qui hantent le Festival de Cannes et que les journaux reproduisaient, lascivement répandues, sur le capot de voitures rutilantes.

— Ce n'est pas de ma faute si je suis ainsi faite, se défendit Coraline. Je me tiens à un rôle et n'en déroge plus. C'est assez courant. Je suis ordinaire jusqu'au bout des ongles. On me l'a assez répété.

— Quoi donc? demanda Zabelle distraitement, car elle surveillait du coin de l'œil un bonhomme qui avait jeté son dévolu sur elle.

— Je suis terne dans une assemblée. Tellement terne que je passe aussi inaperçue qu'un pot de fleur. Tu peux comprendre ça?

— C'est l'avis de Renaud?

La jolie blonde éclata de rire.

— Lui, bien sûr que non. Il me trouve toutes les qualités. C'est même assez suspect.

— Attendrissant, tu veux dire.

— M'a-t-il regardée telle que je suis? Je n'en crois rien. Mes jambes, peut-être. Oh ça oui!

— Tu as de belles jambes.

— Je t'en prie, rougit Coraline. Ce n'est pas ce que j'ai voulu dire. Tu pourrais parler plus bas.

— Quoi? Nous sommes des animaux de ménagerie. Tu n'as pas remarqué? Frédérik est pareil. Il a découvert mes charmes à travers le regard des autres. A force de s'entendre dire que j'avais du chien. Et des choses encore que je n'oserais même pas répéter. Tu sais comment parlent ces idiots quand nous ne sommes pas là? Un jour que je serai vieille, bien décrépite, alors il me regardera enfin. Et il se dira, au fond de lui: comment ai-je pu passer ma vie avec une femme aussi laide?

— Il t'aura quittée avant, ma jolie. Pour une plus jeune. Les hommes sont ainsi faits. Leur attachement est proportionnel à l'image qu'on leur renvoie. C'est bien connu.

Zabelle rit à son tour, de bon cœur. Elle ne croyait pas non plus qu'elle fût capable d'inspirer un grand amour. Cette idée même lui paraissait aussi démodée que le mariage.

*
* *

Toutes sirènes hurlantes, un, puis deux, puis trois cars bourrés de gardes mobiles remontèrent en trombe la rue de Vaugirard. Les pigeons de la place, saisis de panique, se dispersèrent vers la coupole de l'Odéon. C'était là qu'ils se sentaient le plus en sécurité, dans les caches secrètes où ils avaient élu domicile. Quelques consommateurs quittèrent leur siège pour suivre des yeux l'équipée jusqu'à hauteur du boulevard Saint-Michel. Il y eut, parmi eux, des murmures de voix, des gestes de connivence. Puis, un groupe de badauds s'encouragea à remonter la rue.

Les deux filles abandonnèrent leur boisson en l'état et s'adjoignirent aux curieux qui encombraient les trottoirs. Ce n'était pas la foule ordinaire d'une heure de l'après-midi, surtout avec cette chaleur nouvelle qui plombait Paris. Il régnait même une excitation bizarre avec ce mélange courtois de propos aigre-doux qui fusaient d'un groupe à l'autre des curieux. Les sirènes de la garde mobile avaient, à elles seules, créé cet étrange climat. Elles avaient réveillé l'essaim tranquille tout occupé à sa besogne. Et par un instinct bizarre qui s'empare des foules lorsqu'elles se sentent menacées, les Parisiens se sentirent gagnés par l'inquiétude.

Coraline et Zabelle marchèrent côte à côte jusqu'au boulevard Saint-Michel sans s'adresser une seule parole. Là, les cars avaient déversé des cohortes d'hommes casqués. Et, en deux ou trois ordres brefs, les gardes s'étaient alignés, figés comme des soldats de plomb. Ils fixaient la foule agglutinée à quelques mètres dans le klaxon incessant des voitures.

— On dirait des hannetons, dit Coraline.

— Des cancrelats, précisa Zabelle.

Puis, les filles se frayèrent un chemin, en jouant du coude, pour atteindre le lycée Saint-Louis. L'autre rive dépeuplée, était occupée par les seules forces de l'ordre. Un gradé allait et venait entre les rangs, au-devant, au-derrière, pour juger l'effet produit par son armada servile. Des hou ! hou !, des sifflets, montaient de la foule. Elle ondulait comme un serpent, saisie par un mélange de crainte et de hardiesse. Machinalement, Zabelle en avait compté soixante-dix. Soixante-dix cancrelats, pensa-t-elle. La matraque était encore accrochée au ceinturon. Mais ça ne durerait pas. Frédérik lui avait raconté avec quelle sauvagerie ils étaient entrés sur le campus de Nanterre, brisant portes et fenêtres et faisant table rase du mobilier pour décourager les occupants de bâtir une barricade.

— De Gaulle envoie ses cancres, s'écria Coraline.

Le mot fit rire le parterre d'étudiants qui occupait le devant de la Sorbonne. Certains d'entre eux, assis sur les marches de la chapelle, relisaient leurs cours, indifférents à l'agitation qui régnait autour d'eux. C'était un jour ordinaire où les prochinois prêchaient une révolution permanente, à grands coups de citations, librement adaptées du *Petit Livre rouge* de Mao. Il n'y avait pas de quoi prêter l'oreille pour ces adolescents studieux occupés à préparer l'examen de fin d'année. Coraline se rangea à leurs côtés, en haut des marches où l'on jouissait d'une large vue sur la cour de la Sorbonne. Zabelle continuait son décompte fastidieux. Ils étaient plus de cent vingt à attendre on ne sait quoi, le bidule en main, poussant le zèle à le faire osciller dans leurs poignes gantées. Ça ressemblait à une sorte d'échauffement, un préliminaire de guerre de rues. Pourtant, que pouvaient-ils craindre ceux qui les avaient envoyés faire le pied de grue ?

— Dany va parler. Vous venez les gars ? cria un grand diable à la chevelure ébouriffée.

— Dany ? questionna Coraline, c'est le Mouvement du 22 mars ?

Son voisin, qui astiquait les hublots de ses grosses lunettes de myope avec le pan d'un foulard indien, hocha la tête. Il rechaussa ses besicles pour mieux lorgner les jambes nues qui s'affichaient devant lui.

— Tu as envie d'écouter ça, toi ?

— Moi ? Je m'en fiche.

— Quoi ? tu te fiches de la féroce répression contre les enfants du peuple ? Quelle insolence, mon Dieu. Ce monde est fichu. Plus de conscience. Plus rien. T'es donc si vieille que ça ?

D'un geste, il fit virevolter la belle chevelure blonde qui se dorait au soleil.

— Va donc secouer le vieux monde, jura-t-elle en repoussant sa main.

Le garçon s'envola sur les marches qu'il dégringola quatre à quatre pour se perdre aussitôt dans la fourmilière.

Pendant ce temps, Zabelle allait d'un groupe à l'autre, papillonnant. Coraline lui fit un mouvement de la main. Elle était absorbée par l'agitation, comme si elle voulait y prendre une part active, alors que tout semblait se dérouler derrière une vitre qui rendait sa perception des choses impalpable.

— Il y a l'UNEF aussi, s'écria un petit joufflu qui finissait son sandwich.

— Et les maos ? Tu les as vu les maos ? dit un autre gars portant un casque de moto à bout de bras.

Les types de Nanterre avaient beau s'égosiller, ça n'attirait guère l'attention. A peine une trentaine d'étudiants perplexes. Coraline s'amusait juste à regarder l'un des harangueurs, un petit rouquin au geste frénétique. Puis, à mesure que les rangs s'éclaircissaient devant lui, le garçon se résigna à abandonner son palabre.

Zabelle retrouva Frédérik à la bibliothèque Richelieu. C'était le seul endroit où il y avait encore des tables disponibles. Contre toute attente, il y régnait une atmosphère studieuse des jours ordinaires. On révisait dur, malgré l'annonce iconoclaste d'une suppression des examens. Ce canular, on le devait aux agitateurs de la FGEL, un groupuscule néo-syndical qui rêvait de se faire une place au sein de l'institution, aussi importante que celle occupée par le Mouvement du 22 mars à Nanterre. Mais, une fois encore, la mayonnaise avait tourné court, et bien avant le démenti du doyen Durry. Néanmoins, ce dernier avait pris la précaution d'annoncer par un communiqué laconique que les épreuves auraient bien lieu comme prévu et qu'il faudrait plus d'un charivari estudiantin pour faire chavirer l'estimable maison.

Par les hautes fenêtres entrouvertes montaient les rumeurs du dehors. Plus insistantes qu'à l'ordinaire. Les filles allèrent rejoindre Frédérik. C'était un grand garçon au visage émacié, la chevelure tirée à l'arrière et terminée par une queue de cheval.

— Je vous cherchais, les filles. Ça bouge dans les amphis. Même les profs s'y mettent.

— Et l'on y parle de quoi, au juste ? questionna Coraline.

— Quoi ? s'étonna le jeune homme aux doigts tachés d'encre de Chine à force de gribouiller des affichettes au feutre noir. Tu ne sais pas, ma vieille ? On fait passer les copains de Nanterre devant le conseil de discipline lundi. Faut que toutes les facs se mobilisent pour arrêter cette ignominie. Aujourd'hui, c'est eux, et demain, ce sera nous. Y en a marre d'être traités comme des gamins. Quoi, on va pas revenir jouer dans les bacs à sable…

— Il y a des flics plein les rues.

— Bien sûr, rigola Frédérik. Le pouvoir craint que le mouvement se propage. Mais, cette gesticulation, c'est tout juste de l'intimidation. Les chiens de garde n'oseront pas entrer à la Sorbonne. C'est sacré, la Sorbonne. Tout un symbole.

— Il n'y a rien de pire qu'un pouvoir aux abois, dit Zabelle.

— Alors, je leur promets du plaisir à tous ces salauds. Nos camarades sont prêts à l'affrontement. Nous avons aussi nos matraques. Et nous nous en servirons.

Coraline feuilletait distraitement un catalogue des œuvres d'Henri Matisse. Son regard s'attarda sur les *Nus bleus*.

— Et aux Beaux-Arts, c'est comment ? s'inquiéta Zabelle.

— Les profs ont vidé les lieux, faute d'étudiants. Tous les cours sont ajournés. C'est normal, on a toujours été à la pointe de la contestation.

— Regarde autour de toi, fit Coraline en pivotant sur son siège pour prendre la salle à témoin. Le gros des étudiants est au travail, oui ou non ? Et ce ne sont pas les dizaines de gars qui font le pied de grue devant la chapelle qui vont changer le cours des choses. Il y a même comme une chape de plomb. Ça me donnerait plutôt envie de rentrer chez moi.

— Tu n'as rien compris. Les heures présentes sont décisives. Les flics, les fafs, toute la saloperie se ligue, et tu veux rentrer chez toi ?

La jeune fille baissait la tête. Les interminables discours contre l'ordre bourgeois lui paraissaient encore plus abstraits que d'habitude. Cette impression venait peut-être du fait qu'elle se sentait rattachée à cette bourgeoisie vilipendée, des liens inavouables, certes, figurés par le chèque que son père lui adressait tous les mois. N'était-ce pas cracher dans la soupe que se joindre à l'agitation ? Trahir son père, peut-être ? A moins qu'il faille, pour être libre de ses idées et de ses actes, s'accepter dans le mensonge et l'hypocrisie. Après tout, n'étaient-ils pas tous comme elle, les étudiants de la Sorbonne, des enfants privilégiés ; car elle n'en connaissait pour ainsi dire pas qui ne vivent aux crochets de leurs familles. Sauf Renaud, il est vrai. Elle pouvait lui reconnaître ce mérite, lui qui se faisait son argent en tirant des heures de nuit au centre PTT de Paris-Brune. Ce n'était pas la peine de lui parler des maos et de la grève des examens. La pauvreté en avait fait un adulte avant l'heure. Elle le lui reprochait bien assez, son absence de fantaisie, son sérieux, son mépris de la plaisanterie. Pour s'en défendre, il possédait des arguments à ras de terre contre lesquels toute résistance était superflue. C'était une sorte de philosophie du sens commun qui annonçait un avant-goût de l'âge adulte. Ne disait-il pas, souvent, que la pauvreté lui avait volé son enfance ? Et cette constatation le rendait triste, silencieux, alors qu'elle eût espéré un peu de rébellion. Coraline, on lui avait appris qu'il n'est aucun destin qui ne se surmonte par le mépris. Renaud, lui, se défendait par un silence de mort, sans révolte aucune. D'ailleurs à quoi lui aurait-elle servi ? Cela, Coraline avait peine à le comprendre, elle qui passait son temps à regimber, à ne décolérer contre le poids du monde et ses médiocres contingences.

Frédérik la fixait dans les yeux, avec une sévérité inhabituelle, comme si l'avenir de leur amitié était suspendu à sa réponse. Elle ne comprenait pas ce qui avait pu le changer à ce point. Ce ne pouvait tout de même pas être ces agitations d'étudiants. Au fond de son regard, elle sentit une pointe de fanatisme comme il s'en découvre aux heures de chaudes exaltations où la raison chavire quand elle s'englue à la masse.

— Tu n'es pas mon directeur de conscience, se rebiffa-t-elle. Ni mon maître à penser.

Il détourna son visage avec une moue de dédain.

— Tu dois choisir de quel côté tu te situes. Avec les flics ou avec nous.

— Je ne veux pas m'enrôler dans quelque chose que je ne comprends pas.

Zabelle s'interposa vivement en prenant son ami par la queue de cheval :

— Je te conseille de parler à Coraline d'une autre façon.

Le garçon parut déstabilisé dans sa superbe. Il aimait volontiers jouer les coqs, assuré de sa toute-puissance sur la gent féminine. Frédérik savait combien les deux filles étaient proches ; du reste, cette soudaine coalition le laissa sans surprise. Mais il ne s'attendait guère, néanmoins, à ce que Zabelle fût si prompte à voler à son secours, sachant qu'elle aurait ensuite à essuyer des reproches.

— Nous n'étions pas si nombreux à donner du poing contre les fafs, l'autre soir…

— Quoi? s'écria Zabelle. Tu m'as pas parlé de ça?

— Tu devrais lire les journaux de temps en temps.

— Quels fafs?

— Ceux d'Occident, rue de Rennes. Nous avons cassé en miettes leur belle exposition à la gloire de l'impérialisme américain. Une horrible chose gluante de haine contre le valeureux peuple du Viêt-nam. Parfois, il s'agit de remettre les pendules à l'heure.

Frédérik contemplait ses doigts souillés d'encre, sous le regard désapprobateur des deux filles.

— Tu ne pouvais pas laisser cette besogne à d'autres? reprocha Zabelle d'une petite voix fatiguée.

— Je ne peux pas rester indifférent. L'indifférence, insista-t-il, c'est ce qui nous tue à petit feu. On se consume dans la valse-hésitation. Là-bas, on massacre un peuple sous les bombes, ici on veut mater la jeunesse turbulente. Si nous ne nous réveillons pas, qu'adviendra-t-il de nos rêves? Je ne veux pas risquer de vieillir avec ce regret sur le cœur.

— J'ai peur, murmura Zabelle.

— Peur de quoi? questionna Frédérik.

— Que ça devienne comme en Allemagne… Que nous ayons, nous aussi, nos Rudi Dutschke.

*
* *

A cette heure, presque deux heures de l'après-midi, les tables de l'Ecritoire étaient encore toutes occupées. Il fallait jouer du coude pour trouver une place. Sinon, il n'y avait plus qu'à redescendre le Boul'Mich', risquer un œil du côté de l'Escholier. Dehors, les derniers arrivés attendaient assis sur le trottoir que les tables se vident. On zieutait les partants et, hop, au moindre signe, la place était investie. Ces ruses de sioux amusaient chaque fois Coraline. Pourtant, elle n'avait pas très faim. Mais c'était devenu une manie que de s'attarder à l'Ecritoire une petite heure, rien que pour retrouver des visages connus, serrer quelques mains, échanger des politesses ou des vacheries.

Les garçons charriaient bières et sandwiches à plein plateau en se faufilant entre les tables. Il leur fallait enjamber sacs et sacoches qui encombraient le passage, sans se départir de la bonne humeur. Les serveurs étaient roués à cette jonglerie, au point de ne renverser jamais le moindre verre.

— Georges Marchais traite Cohn-Bendit de juif allemand ! s'écria l'un des types qui tenait grand ouvert, par-dessus tête, *L'Humanité*.

Puis d'un geste rageur, il se mit à chiffonner le journal, soigneusement, et lança la boule de papier au milieu de la salle. Des ricanements fusèrent aussitôt. Et dans ce bourdonnement de ruche, on entendit assez distinctement des mots surnager : fachos rouges ! stals ! bolchos !

Renaud ne se décidait plus à lâcher la main de Coraline. Elle paraissait pourtant tellement indifférente, avec un sourire béat au coin des lèvres. Zabelle, elle-même, se demandait bien ce qui se passait entre ces deux-là. Quoi ? se demanda-t-elle, elle ne l'aime plus ? C'est vrai que, depuis quelque temps, elle ne parlait plus de son ami, alors qu'avant elle ne tarissait plus d'éloges sur ses petits exploits d'étudiant sage.

— Juif allemand ! répéta Renaud, cette association de mots est franchement insultante.

— Nous sommes tous des juifs allemands, voilà ce qu'il faudrait lui répondre à ce bolcho, comme Karl Liebknecht ou Rosa Luxembourg étaient, eux aussi, des juifs allemands, comme tous ceux qui ont péri dans les camps de concentration. Voilà ce qu'il faudrait dire, s'écria Frédérik.

— Allons, ne t'énerve pas comme ça, s'opposa Zabelle. Les communistes sont à court d'arguments. Voilà la raison de cette hargne.

— Il ne leur suffit plus de nous traiter de gauchistes, reprit Frédérik. Maintenant, ça veut faire référence à un moment de notre histoire bien douloureux. La vraie raison, c'est qu'ils ont peur que la classe ouvrière soit avec nous. S'il est une union nécessaire, c'est bien celle-là, étudiants et ouvriers, la main dans la main, contre les vieux partis et leurs saintes lunes. Là, mes amis, de Gaulle aura chaud aux fesses. Le vieux n'aura plus qu'à plier bagage avec tous ses vieux cons, ces empêcheurs de jouir en rond !

Renaud caressait le bord de la table nerveusement. Il ne se sentait pas dans son élément. Ce dont il avait envie, c'était de fuir le brouhaha, et se retrouver seul à seul avec Coraline. Mais il sentait bien qu'elle n'en avait pas le désir. Ça lui brisait le moral qu'elle s'abandonne à cette farce.

— Mon pauvre Frédérik, tu devrais m'accompagner au centre de tri. Les gars sont remontés contre toutes nos histoires d'université à un point que tu ne peux imaginer. Pour eux, nous sommes des privilégiés. Et nous ne savons pas reconnaître notre bonheur de faire des études. Ils se disent qu'un jour ou l'autre nous rentrerons dans le rang avec nos diplômes et que nous deviendrons, à notre tour, des petits chefs. C'est leur hantise, les petits chefs.

— Au lieu de les plaindre, tes ouvriers, tu ferais mieux de leur expliquer qu'ils ont tout à gagner à nous rejoindre. C'est comme ça, mon vieux, qu'on brisera ensemble les carcans de l'exploitation.

— Et pour inventer quoi ? s'éleva Renaud.

— Un monde où il n'y aura plus ni chef ni exploité. La fraternité, seule.

Renaud ricanait. C'était tout ce qu'il n'avait pas envie d'entendre, ce florilège d'utopies qui s'en revenait comme une litanie depuis que la contestation gagnait les universités, un leitmotiv idéal consistant à jeter par terre la société avec l'espoir fou qu'elle se régénérerait mécaniquement, selon des lois défiant le sens commun de l'économie et de la politique.

— Tu es vieux, jura Frédérik. C'est ce qui fait notre différence. Si vieux que tu n'es plus dans le coup.

Coraline regarda son visage humilié avec un serrement de cœur. Elle comprit qu'il ne réagirait pas, une fois encore, préférant le silence à la joute oratoire. C'était tout son caractère, cette manière de tenir tête par l'indifférence. Mais comment pouvait-elle lui en vouloir ? Elle le savait courageux, opiniâtre, volontaire, avec une seule obsession rivée dans sa chair : un homme ne peut se sauver que par ses propres moyens, en solitaire. Dans les méandres compliqués de son caractère, elle avait flairé cette ambition démesurée et égoïste. Et celle-ci lui fermait à jamais la tentation des engagements généreux.

Renaud se rapprocha de son amie pour lui demander de sortir, qu'il avait des choses à lui dire. Coraline fit semblant de ne pas entendre. C'était désobligeant, devant ses camarades, d'obéir au doigt et à l'œil. Après tout, pensa-t-elle, je ne suis pas ta chose. Je suis libre comme l'air, libre de mes actes, de mes idées, de mes lâchetés aussi. Le garçon insista. Il en faisait un point d'honneur. Et devant tant de sollicitation, elle le rabroua d'un geste vif. Je ne voudrais pas que Frédérik croie que j'épouse aussi ses idées, se dit-elle, après tout ce qui vient d'être dit, que je suis à cent pour cent de son côté, même si je peux comprendre ses raisons. Renaud se leva aussitôt. C'était son dernier espoir, quitter la table dignement, tirer sa révérence, avec le secret espoir qu'elle allait, malgré tout, le suivre.

Seul, sur le trottoir, il attendit quelques secondes, n'osant trop se retourner pour vérifier s'il allait gagner son pari. Bras ballants, épaules basses, il se décida enfin à traverser le boulevard pour remonter vers la station Cluny.

Place Edmond-Rostand, il découvrit une armada de gardes mobiles faisant les cent pas autour de leurs véhicules rangés sur les contre-allées. Des attroupements s'étaient formés sur les trottoirs. En vérité, plus de badauds que de contestataires. Parmi la foule, une rumeur circulait, insistante, que les flics allaient investir la Sorbonne, sans tarder. Certains esprits se voulaient plus optimistes que la moyenne : « Ils n'oseront pas ! » Mais Renaud savait, lui, dans son for intérieur, qu'ils oseraient. Plutôt cent fois qu'une. L'histoire s'est toujours écrite ainsi, se dit-il. De coup de force en coup de force. Que peut faire un pouvoir lorsqu'il a le dos au mur, sinon sortir ses gendarmes ?

Renaud s'éloigna d'un pas décidé vers la station de métro en se persuadant que cette histoire, décidément, ne le concernait pas.

II

L'après-midi traînait en longueur. Pourtant, Coraline ne se décidait pas à rentrer dans sa garçonnière de la rue Camou. Sur le meuble de son salon de toilette trônait une fiole qu'elle n'avait guère envie de retrouver. Une toute petite fiole de rien du tout. Cet objet n'attendait plus qu'elle pour énoncer son verdict. Déjà, elle imaginait comment la scène se déroulerait. Un doigt hésitant sur le commutateur. Lumière. Et, il ne serait même pas indispensable de s'approcher du flacon pour voir le résultat. Après... Elle ne savait pas. Peut-être serait-ce un cri de joie et un bouchon de champagne qu'on envoie au plafond. Ou l'étrange silence avec ses interrogations. L'avenir, alors, exigerait de solides résolutions.

— Ils arrivent ! Faut se préparer, lui cria Frédérik en la frôlant d'un geste.

Et à peine eut-elle le temps de se retourner qu'il avait disparu dans le grand escalier. Elle s'y précipita aussi. Elle ne savait pas ce que signifiait ce branle-bas de combat qui agitait toute la Sorbonne. De partout, les types émergeaient comme d'une fourmilière menacée par un pied de géant.

— Ils arrivent ! Ils arrivent. Vite ! Vite !

— Chacun sa matraque, jura un des gars en brandissant un pied de table métallique.

Il est vrai qu'il ne restait plus une table en état dans l'université. En prévision du grand choc, les étudiants s'étaient préparés en se fabriquant à peu de frais des armes de défense. D'autres, plus prévoyants, avaient déjà chaussé leur casque de motard.

— Y veulent bouffer du sorbonnard, on va leur rappeler Dien Bien Phu ! hurla un joufflu suant de rage ou de peur.

— Qu'est-ce qu'il se passe ? demanda Coraline.

Le joufflu se retourna avec des yeux exorbités :

— Tu ne sais pas ? Ils attaquent.

— Qui, les flics ?

— Les flics, rigola le bonhomme. Y manquerait plus que ça. Mais non, les fafs d'Occident. Ça veut détruire la terreur rouge.

Il rigola en s'essuyant le front où perlait une grosse suée.

— La terreur rouge, c'est nous.

Coraline regretta alors que Zabelle soit partie si vite. Ça lui aurait plu ce branle-bas de combat. Pour une fois qu'il se passe quelque chose à la Sorbonne.

Dans la cour, un cordon s'était formé, au coude à coude. Des types casqués et armés de barres de fer. Ça ne rigolait plus. Au loin, les gradés faisaient manœuvrer les gardes mobiles par des aboiements secs. Il ne manquait plus que les gars d'Occident pour que la fête soit complète. Derrière le cordon, la foule rassemblée des étudiants, plus ou moins rassurée. Peu la désirait cette guerre. Mais ils étaient tous, là, pris en otage, comme au fond d'une nasse. Ils se regardaient avec des airs penauds. Minute de vérité. Un silence se fit, étrange et persistant.

— Ils se sont regroupés à l'Observatoire, murmura le joufflu. Un millier à ce qu'on dit. Moi, j'ai peur que ce soit Alamo, notre affaire.

— Ta gueule, rectifia son voisin. T'as pas besoin de démobiliser la troupe, quoi ou merde.

— Tu t'appelles comment ?

— Coraline Fayolle.

— T'es en lettres. Je t'ai jamais vue.

— En musicologie.

— Ah ! soupira le bonhomme qui tenait maladroitement sa matraque de fortune. C'est dur ça.

Coraline ne répondit pas. Il la regardait toujours d'un air craintif.

— T'as un foulard ?

— Pourquoi ?

— A cause des gaz lacrymo. Ça fait mal ces trucs-là. On chiale. On dégueule.

La jeune fille haussa les épaules et se recula jusque sur les marches de la chapelle. De là, elle jouissait d'une meilleure vue. Après tout, il n'y avait que ça qui l'intéressait, le spectacle. Elle n'était pas venue pour se battre. Elle en avait rien à battre des gens d'Occident. De plus, elle ne savait rien des échauffourées de rue. Aucune expérience. Dans sa grande naïveté de petite fille gâtée, Coraline imaginait que les balèzes du premier rang, serrés au coude à coude, comme des sardines, suffiraient à contenir l'assaut, s'il devait avoir lieu.

De ce côté-là, rien n'était moins sûr. Cela faisait déjà une demi-heure qu'on attendait les malabars d'Occident. Viendraient-ils, ne viendraient-ils pas ? Les chefs se concertaient en petits comités, à voix basse, sur ce qu'il fallait en penser. Ils exhibaient le fameux tract des fafs qui passait de main en main. C'était une véritable déclaration de guerre qui faisait suite au saccage de l'exposition de la rue de Rennes. « Nous montrerons, disait-il, que nous sommes capables de nous opposer à la terreur rouge… »

— Et les flics, d'après toi, demanda Coraline au joufflu qui avait choisi de rester près d'elle, prudemment à l'écart, ils sont là pour qui ? Pour nous ou pour les types d'Occident ?

C'était exactement la question que se posaient les chefs à force de ne voir rien venir. Ils flairaient une connivence, la préparation d'une grossière provocation.

— Si les fafs ne nous attaquent pas, dit un gars de l'UNEF, c'est que les flics leur ont donné la garantie qu'ils allaient se charger de faire le ménage.

— Tu n'y penses, répliqua son voisin, jamais un ministre ne prendrait une si lourde responsabilité, faire entrer la force publique à la Sorbonne. Ça porterait atteinte à une tradition qui remonte au Moyen Âge, à Philippe Auguste.

— Quelle tradition ?

— Un statut qui soustrait les étudiants à la maréchaussée et à la juridiction royale.

Le cordon, si compact au début, se disloqua, peu à peu, dans la lassitude. Ne restait plus sur le pied de guerre, à l'entrée de la Sorbonne, qu'un petit groupe peu rassuré de voir, au fil des heures, la place se vider. Durant tout ce temps, Coraline n'avait pas quitté son poste d'observation. La peur lui torturait le ventre. Ce n'était pas cet interminable face à face qui la préoccupait. Elle n'avait pas l'esprit aguerri à la vigilance. Au contraire, cela la distrayait. Mais c'était surtout la petite fiole qui trônait sur sa table de toilette. Elle figurait une vérité qu'elle n'avait pas envie d'affronter, même si cette abstraction, tout compte fait, relevait de l'enfantillage. Pourtant, il n'était pas dans son caractère d'éviter les obstacles de l'existence, elle qui se disait stoïcienne, adepte de Sénèque et d'Epictète, fataliste éclairée ainsi qu'elle avait coutume d'ajouter. Mais la philosophie était une chose et les épreuves de la vie, une autre. Dans sa jeune existence, elle n'avait guère eu encore l'occasion de se coltiner aux horreurs de la vie. Pourtant, c'était une évidence qu'elle n'avait pas envie d'entendre, de la bouche de son père surtout, selon quoi elle n'avait eu jusqu'à présent qu'une jeunesse dorée, bourgeoise, protégée. Sans doute la vie était-ce autre chose. Trouver de l'argent pour vivre. Entrer dans la carrière. Subir les affronts des chefs. Se contenter de peu. Et pire encore, de fil en aiguille, renoncer à ses rêves… Son cher père, surtout, avait au bord des lèvres la morale facile lorsqu'il venait à évoquer les désillusions de la vie, les siennes et celles des autres. Lui aussi, en son temps, avait espéré bâtir un monde meilleur. Mais la politique avait tout pourri, comme d'habitude, clamait-il avec dégoût. Et cela lui donnait envie de se laisser gagner par un long silence. C'était comme s'il faisait, une fois encore, son examen de conscience. L'époque l'avait entretenu dans cette sorte d'exigence de l'âme. A croire qu'il appartenait à une génération qui se devait d'être en règle avec ses actes, fidèle à ses engagements. Il n'avait plus le désir d'épiloguer sur les ratages de l'après-guerre. Le goût du bien-être, de la paresse, avait fini par prendre le dessus sur l'effort et la contention.

Coraline se demanda ce qu'il pouvait bien penser des échauffourées de Nanterre, ce que lui inspiraient les incantations des maoïstes, les logorrhées de Cohn-Bendit. Un énorme dégoût, sans doute, comme lorsqu'il se mettait, soudain, avec rage, à chiffonner son journal. Elle l'imaginait, ensuite, allant faire le tour de sa roseraie pour retrouver enfin un sourire radieux. Avec l'âge, la colère se dissipe aussi vite qu'elle apparaît. Sinon, à quoi bon vivre ? A quoi bon amasser les années, si elles doivent servir à alimenter une haine fielleuse du temps qui passe, une quinteuse impuissance à renverser le cours des choses ?

Puis, au moment où chacun croyait qu'il ne se passerait plus rien qui fût digne d'attente, le ressort se raidit. Dans un cri. Une vague. Une déferlante. La clameur grimpa à son paroxysme. Les flics firent mouvement à l'unisson, ainsi qu'une cohorte de légionnaires, puissamment aguerris, casqués jusqu'au menton derrière leurs grosses lunettes de motard. Les échanges de coups furent brefs, violents, déterminés, acharnés. Et dans le camp des étudiants, la stupeur brisa aussitôt l'entrain nécessaire. On ne comprenait pas pourquoi et par quelle folle décision le périmètre inviolable avait été investi. Et qui avait donné l'ordre d'exécution d'une telle ignominie ? Nul ne pouvait croire que le recteur était de la partie, sachant la riposte au centuple partout dans les universités. On aurait voulu allumer une mèche pour faire tout exploser que le pouvoir n'aurait agi autrement, se disait-on partout où la résistance s'organisait, désespérée et chaotique. La vigueur de l'assaut avait agi comme un cheval de Troie. Et maintenant que l'ennemi était dans la place, il lui était aisé de traquer l'étudiant partout où il cherchait refuge. L'excitation des cerbères accroissait la panique chez l'adversaire qui se délitait à vue d'œil. Ce n'était pas les quelques chaises, tables ou bancs, jetés en travers des couloirs, qui pouvaient arrêter la meute. Au contraire, le moindre obstacle exaltait leur rage. Et rien ne pouvait plus arrêter le bidule par lequel les hommes se frayaient un passage dans la mêlée, comme ils eussent fait d'une machette dans une végétation hostile. Ils avançaient inexorablement dans la citadelle, vidant amphis, bureaux et salles de classe, laissant derrière eux une pagaïe indescriptible.

Il ne fallut guère plus d'une demi-heure aux forces de l'ordre pour prendre la Sorbonne. La citadelle, réputée imprenable, tomba sans difficulté, au point que les assaillants furent eux-mêmes surpris par leur exploit. Les chefs vitupéraient d'enthousiasme en caressant d'une main vive les chevelures des vaincus. Ils les firent mettre en rang d'oignons. C'était la seule géométrie qui correspondait à leur état d'âme, des hommes alignés et sages, prêts à passer sous les fourches caudines. Les quelques rebelles se faisaient maronner copieusement. Et des rangs montèrent des chants, des cris, des insultes. Cela semblait glisser sur les cerbères comme de l'eau sur une toile cirée. On les avait préparés à ces tortures morales. On les avait éduqués à la haine de l'étudiant, du crâne d'œuf, du diplômé. Les flics les toisaient de haut, ces ennemis intérieurs sapant les bases de la république. Ils faisaient mouliner le bidule pour montrer qu'ils étaient les plus forts, une fois encore, ajoutant une page de plus à la longue histoire des révoltes matées, des révolutions écrasées dans le sang. Celle-ci était bien pâle au regard des anciennes, juste des plaies et des bosses. Il ne viendrait à personne l'envie de se plaindre. Du reste, les chefs l'avaient compris. Ils sortirent des rangs et s'en vinrent parlementer. Les gradés leur offrirent des mines magnanimes. On les laisserait sortir, à la file, têtes basses. La mission serait alors remplie, tout en délicatesse. Sans heurt véritable, déclarerait-on ensuite à la presse. Une évacuation de la noble institution dans l'ordre pour une fermeture administrative. Après

Nanterre, la Sorbonne, en attendant de prendre de nouvelles citadelles, si l'envie leur prenait de se déclarer hostiles.

Coraline Fayolle attendait les bras croisés dans la file qui s'était dessinée à la sortie rue de la Sorbonne. Les gardes « libéraient » les vaincus au compte-gouttes, après que chacun eut déposé sa barre de fer sur le tas grandissant. Cette scène lui remémora une gravure d'un vieux livre d'histoire : les combattants de Vercingétorix jetant épées et pavois aux pieds de César. Elle s'en amusa un peu.

Le joufflu était resté derrière elle, dans ses jupes. Il attendait, lui aussi, la peur au ventre. Les cris qu'il avait envie de proférer restaient coincés au fond de sa gorge. Ça l'étouffait, cette colère rentrée. Ça l'étouffait encore plus de voir ses chefs discuter avec les flics. Que pouvaient-ils donner en échange, sinon la promesse de ne plus recommencer ?

A leur tour, ils sortirent, encadrés par les gardes mobiles armés de mousquetons. La rue sentait le soufre et l'asphalte mouillé. Des cars de police étaient rangés le long du trottoir, portes ouvertes. Coraline comprit alors où on voulait les conduire. Et elle poussa un soupir de lassitude. Les grilles d'un poste de police, ce n'était pas exactement ce qu'elle avait imaginé. Un interrogatoire, sans doute, long et musclé, comme les adorait l'ordre républicain. Elle pensa à son vrai père, celui que les nazis avaient fusillé un jour d'été, à Toulouse, dans une cour d'hôtel. Elle murmura son nom. Rochelle. Patrick Rochelle. Puis, elle sentit les larmes l'envahir. Car c'était un rite auquel elle ne sacrifiait jamais. Sinon dans des situations exceptionnelles où elle trouvait encore le courage de lui parler.

Plus bas, vers le boulevard Saint-Michel, trois ou quatre explosions retentirent.

— Ça grenade dur ! fit un type qui avait l'air de s'y connaître. Paris est avec nous !

L'un des flics lui frappa l'épaule avec la crosse de son mousqueton pour le faire taire. Le gars tenta de réagir dans un ultime sursaut. Il reçut un coup de bidule dans l'estomac.

Coraline se dit qu'elle ne possédait pas cette sorte de courage gratuit. Les filles n'étaient guère épargnées non plus. On les matraquait avec le même acharnement avec, en prime, des insultes gratinées. Qu'étaient-ils, au juste, ces combattants de l'ordre ? De bons pères de famille ? De la sorte qui tabassait leurs gamins ? A moins qu'ils ne fussent, dans l'intimité, de pâles garçons, des recalés au brevet, des frustrés de l'existence, ou des fachos invétérés la haine chevillée au corps ? Elle ne savait pas. Aucune émotion visible sur ces visages. Sinon l'excitation qui brouillait le fond de leur âme. Elle, elle restait calme. Sans colère aucune. Comme si cette étrange aventure dans laquelle elle se trouvait embarquée ne la concernait pas. Après tout, elle n'avait jamais fait siens les mots d'ordre des comités. Alors, que faisait-elle, ici, au milieu des réprouvés ?

Sévèrement encadré, le groupe fut conduit vers le premier car. Puis, une fois plein, la porte se referma, sèchement. Coraline tenta un regard à la vitre grillagée. De l'autre côté de la rue, il y avait une foule surexcitée. Des cris, des sifflets… « Libérez nos camarades ! A bas la répression ! »

Une détonation sèche brisa l'air. Et une intense fumée brouilla le spectacle qui s'offrait à son regard.

Une fois le nuage dispersé, quelques courageux s'en revinrent, tout près du cordon de policiers, pour les narguer. Une vingtaine d'entre eux se mit en mouvement, au pas de gymnastique, sans grande conviction. La course céda devant les fuyards, comme si les gardes mobiles ne voulaient pas s'éloigner de leur périmètre de sécurité. Des projectiles se mirent à pleuvoir. Des pavés… Les premiers pavés de 68. Car plus bas, vers le boulevard Saint-Michel, les étudiants commençaient à dépaver la rue, à arracher les grilles de fonte aux pieds des arbres, à bâtir leur première barricade.

*
* *

Le commissariat du 7e arrondissement connaissait une affluence peu coutumière. Débordés, les flics avaient entassé les captifs dans la cellule réservée d'ordinaire aux petits malfrats et aux putes. L'ordre était tombé, venant de la cellule de crise du ministère de l'Intérieur, de procéder à un contrôle d'identité méticuleux. Puis, les policiers, tâche accomplie, se résigneraient à relâcher leurs prises.

L'affaire avait mobilisé tous les inspecteurs. Ça ne les concernait guère, ces histoires d'étudiants, et ils avaient hâte d'en finir au plus vite. Il y en avait qui, bon enfant, vieux pépères blasés, expédiaient la besogne en quatre coups de cuillère à pot, et d'autres qui, comme toujours, faisaient du zèle. Des petits hargneux décidés à en découdre avec ces jeunots excités. Par malchance, Coraline tomba sur l'un d'eux. Son interrogatoire avait mal commencé lorsqu'elle avait révélé, d'une voix indifférente, que son père adoptif était médecin.

— Fille à papa ! grommela l'inspecteur en petit gilet déboutonné, le nœud de cravate lâche sur un col élimé. Belle prise que voilà. Nous tenons une fille à papa.

— En quoi ça vous regarde ?

— Fifille à son papa qui se fait payer des études à la Sorbonne, minauda l'inspecteur. C'est du propre tout ça.

Il ricana en hoquetant.

— Et ça finira comment ton joyeux bordel ? Par un joli mariage bourgeois. Alors, tu pourras faire la salope tout à ton aise, te faire sauter par tes vieux copains sorbonnards…

Elle ne lâchait plus son regard. Le type la fixait, salement. Mais elle n'était pas d'une trempe à baisser les yeux.

— Vous m'insultez, monsieur l'inspecteur. Vous sortez de votre rôle.

— Et en plus, de la musicologie. J'savais pas que ça s'enseignait cette connerie. Tu joues du crin-crin ? Pourquoi pas de la mandoline. Et de la flûte. Tu sais jouer de la flûte aussi je parie ? Sur l'air de la turlute. Tu connais la turlute ? T'es pas mal gaulée. Ça devrait y faire, pas vrai ?

— Vous ne m'impressionnez guère, monsieur l'inspecteur. J'ai l'habitude des gens de votre espèce.

— Ah oui, et quelle espèce ? Dis-moi voir ?

— De celle qui mate les filles en douce.

Le type se dressa derrière son bureau. Il était plutôt petit, la calvitie naissante, l'œil sournois. Il ne savait pas parler autrement à ses clientes, habitué qu'il était à interroger les putes sur le mode trivial qui avait fait sa réputation dans le quartier. C'était sa manière ordinaire de se défouler, l'insulte, la péroraison, le délire quelquefois. A force de hanter les quartiers chauds, il avait fini par confondre le reste de l'univers avec ceux-ci. Des étudiantes, des putes, c'était du pareil au même. A quoi bon faire des différences, puisque le monde se résume au seul commerce du sexe et de l'argent ?

— Tu veux une gifle, salope ? Et même deux, trois, quatre. Des gifles que ton con de père aurait dû te filer. Ça nous aurait évité de te voir, ici, à faire la conne.

— Je n'ai pas demandé à venir. D'ailleurs, j'en ai assez entendu pour ce soir.

Coraline courut vers la porte du bureau. Au moment où elle allait l'ouvrir, le type l'empoigna, la fit virevolter, puis d'un geste appliqué lui colla sa main en plein visage.

— Tu vas te rasseoir.

L'agitation avait attiré la curiosité d'un policier en uniforme.

— T'as besoin d'aide ou quoi ? Si tu veux, Gormont, je lui passe les bracelets.

— Va te faire foutre, répliqua l'inspecteur. J'ai pas besoin d'aide pour corriger une donzelle.

Le type referma la porte en maugréant. Ce n'était pas la première fois qu'il avait ramassé des clientes en capilotade, au sortir des fameux interrogatoires de Gormont. Surtout lorsque ça lui résistait. C'était un vicelard, l'inspecteur, jouant le chaud et le froid, du genre à corriger sec et à essuyer les larmes ensuite, histoire de se faire pardonner. Une belle âme de flic, en somme.

A la vérité, les injures n'impressionnaient guère Coraline. Au bout de quelques minutes, elle avait compris qui était l'homme en face d'elle. Et la gifle, qu'elle venait de recevoir, ne faisait qu'authentifier la dérive autoritaire dans laquelle la France glissait en ce mois de mai 68. L'interrogatoire musclé, dans un minable petit commissariat de police, confirmait tous les discours des leaders étudiants, des maos même. La tentation répressive était devenue la seule issue, puisque le pouvoir et ses chiens de garde ne pouvaient plus dialoguer avec la jeunesse.

L'inspecteur Gormont fut surpris par le self-control dont la fille faisait montre. Elle le fixait toujours, droit dans les yeux. Ça le gênait aux entournures. Ça l'embarrassait cet affront. Et il comprit, enfin, qu'il n'avait pas affaire à une de ces filles ordinaires qu'une simple gifle désarçonne.

— Alors, t'es quoi, au juste ? insista-t-il.

Elle ne répondit pas. L'inspecteur reposa sa question d'une voix forte. C'était tout ce qu'il pouvait faire, maintenant, gueuler. Sinon, la jeter au sol, la piétiner, la savater. Mais il savait que ça ne servirait à rien.

— J'ai une case à remplir dans le questionnaire. Et après, tu pourras aller te faire foutre... Opinion politique ? Merde alors, je peux pas mettre : « néant ». Tu comprends ça, au moins ?

Coraline lui sourit, béatement.

— Vous mettez ce que vous voulez, monsieur l'inspecteur.

— T'es affiliée à quel parti ? Communiste ? Maoïste ? Trotskiste ? C'est pas bien difficile. Allez ! un peu d'effort.

— Je suis rien de tout ça.

— Juive, alors ? Tu serais un peu youpine que ça m'étonnerait pas. Les youps ont l'art d'encaisser les coups.

— Je ne sais pas, bâilla-t-elle.

— Parce que, ajouta Gormont en veine de confidences, les youps, je les hais, comme les blattes, les cafards, les cancrelats… Ça prolifère. Ça pullule. Ça ronge la société.

— Pourtant, nota Coraline, vous êtes trop jeune pour avoir servi sous Vichy…

— Ça oui. Je le regrette.

Elle hocha la tête avec un sourire contrit.

— Je ne suis pas juive. Tout juste fille de résistant.

— Ah ! Nous y voilà, clama Gormont avec un sourire gourmand. Communiste alors ? Ton père est communiste. Il t'a refilé le gène. C'est dans le sang ces idées-là. C'est congénital, bon Dieu.

— Non. Gaulliste. Mon père est gaulliste.

La réponse sema un désarroi dans l'esprit de Gormont. C'eût été tellement simple qu'elle fût communiste. Et instinctivement, le regard du flic se posa sur le portrait du président de la République accroché au mur. Il ne l'aimait pas non plus, de Gaulle. Trop vieux, trop con. Sénile, même.

— Alors, se résigna Gormont, je vais écrire : « gauchiste et fille de résistant gaulliste ».

— Oui, concéda-t-elle. Ça me convient.

— Ah ! je vois qu'on finit par coopérer.

Coraline eut envie d'ajouter qu'il se contentait de peu, monsieur l'inspecteur, mais elle se retint. Sa joue lui cuisait encore. L'animal avait la frappe facile. Et puis, ça avait tellement l'air de lui faire plaisir, cet aveu, somme toute, dérisoire. Gormont s'en pourléchait les lèvres de plaisir de noter que les enfants de de Gaulle étaient aussi des casseurs ; ça le confortait dans la mauvaise opinion qu'il avait du général, selon laquelle sa politique laxiste avait engendré ces monstruosités.

Il lui présenta son rapport pour le lui faire signer. Coraline le relut, attentivement.

— C'est destiné à qui ?

— Aux Renseignements généraux. Maintenant, tu es fichée.

Elle signa aussitôt d'un paraphe nerveux. Gaullo-gauchiste, c'était une étiquette épatante, puisqu'il en fallait une pour alimenter les basses œuvres de la république.

*
* *

La garçonnière de la rue Camou appartenait à un ami du docteur Fayolle. C'était là que Coraline s'était installée en 66 lorsqu'avaient débuté ses études de musicologie à la Sorbonne, après trois années passées au Conservatoire. Un premier prix de violon n'avait suffi à lui ouvrir la carrière qu'elle espérait tant. Alors, elle s'était décidée à préparer un professorat. Pieux mensonge, en vérité, car il ne lui semblait guère qu'elle s'y résignerait un jour à devenir une enseignante dans un collège de province. Elle entretenait des relations suivies avec quelques producteurs de France-Musique, dans l'espoir qu'un jour on lui confierait une émission. Elle s'était fait une spécialité des œuvres produites par les compositeurs de la seconde école de Vienne. La compositrice Betsy Liancourt lui avait tout appris, ou presque, sur le dodécaphonisme et ses succédanés, au point qu'elle s'était mise, elle-même, à composer de courtes pièces pour violon et quelques lieder sur des œuvres de Saint-John Perse. Ce n'avait pas l'heur de plaire à son amie, puisqu'elle ne s'était pas décidée, comme elle l'avait secrètement espéré, à les recommander à des hommes influents tels que René Leibowitz ou Pierre Boulez.

Son appartement était perché au dernier étage d'un bel immeuble cossu en cours de rénovation, sous les combles. De la petite fenêtre, on jouissait d'une large vue sur le Champ-de-Mars. Elle y passait de longues heures à méditer, assise sur le débord du toit, à écouter les murmures de la ville.

Il était près de minuit lorsqu'elle en poussa la porte. Et en retrouvant le silence de son domaine, elle poussa un grand soupir. Elle avait envie de pleurer, mais ne le pouvait pas. Toute la tension contenue dans le commissariat du 7e se libéra comme un ressort qui se brise. Coraline se laissa glisser sur son divan, cherchant du bout des doigts, sur le tapis, le paquet de Camel qu'elle y avait laissé. Elle tira quelques bouffées, puis sentit monter une envie de vomir. Elle laissa alors sa cigarette griller, toute seule, dans le cendrier. La fumée avait un goût âcre. Ce lui rappela l'odeur des lacrymos, rue de la Sorbonne. Et elle se demanda, alors, ce qu'était devenu son compagnon d'infortune, le garçon peureux qui s'était accroché à ses basques toute l'après-midi. Elle se souvint, seulement, qu'elle l'avait vu pleurer au commissariat. Et elle avait aussitôt ressenti de la honte pour lui, en se jurant qu'elle ne leur donnerait pas ce plaisir. Peut-être avait-il affronté l'interrogatoire avec courage. Les gens les plus fragiles ne parviennent-ils pas, parfois, à trouver au fond d'eux-mêmes des ressources inespérées ? Elle, au moins, avait réussi à faire face. C'était une politesse adressée à Rochelle, car lui il n'avait pas cédé un pouce de terrain devant la Gestapo. Je suis de sa trempe, se dit-elle en écrasant une larme. C'est congénital, comme aurait dit l'inspecteur, avec son antisémitisme de pacotille.

Sa main passait et repassait sur sa joue. Elle était encore fiévreuse, cette chair-là, tuméfiée. Et les fameux discours du flic lui revinrent en mémoire, bribes par bribes. Elle ne pouvait plus les chasser de son esprit, ces oiseaux noirs. Ceux-ci venaient la picorer. Ce lui faisait l'effet d'un viol, toutes ces démangeaisons qui lui parcouraient le corps. Elle se sentait sale, au plus profond d'elle-même, comme si l'homme l'avait tripotée. Les mots aussi, se dit-elle, dans certaines situations, possèdent ce même effet dévastateur. Chaque fois que je me regarderai dans une glace, je ne pourrai m'empêcher de penser au flic qui est venu souiller cette joue-là. Elle en eut un haut-le-cœur et courut en catastrophe au W.-C. Mais ce n'était tout au plus qu'une impression, un prurit nerveux. Alors, elle eut envie de passer sous la douche, pour effacer toute cette histoire lamentable qui lui collait à la peau. Mais encore eût-il fallu ignorer le verdict de la petite fiole d'urine qui trônait sur la table de toilette.

Coraline alluma son transistor. Le reporter d'Europe 1 énumérait les lieux du Quartier latin où se développaient les combats de rue : Saint-Michel, Gay-Lussac, Saint-Germain, place Rostand, sur fond d'explosions, de rumeurs de foule et de pavés roulant sur les barricades. Les reportages, qui s'enchaînaient les uns aux autres, sans discontinuer, étaient entrecoupés de brefs interviews des leaders étudiants. Ceux-ci stigmatisaient, avec passion et colère la répression policière, appelaient à la mobilisation les étudiants, les ouvriers, en une union sacrée par-dessus les partis pour défendre les libertés bafouées. On y rapportait d'une voix enfiévrée les premières exactions des forces de l'ordre : badauds passés à tabac sans raison aucune, passants matraqués, gazés, jusque dans les cafés, les cinémas, les couloirs d'immeuble.

La sonnerie du téléphone secoua le silence dans lequel Coraline s'était terrée. Renaud parut rassuré en entendant sa voix, rassuré qu'elle n'eût pas eu l'idée de se compromettre dans la masse qui bataillait au Quartier. Durant tout ce temps, il avait imaginé le pire, mais sûrement pas qu'elle eût à subir un interrogatoire au fond d'un commissariat de police minable. Il l'avait plutôt crue engluée dans l'incessant va-et-vient des émeutiers qui arpentaient le boulevard Saint-Michel, les gardes mobiles aux trousses. Tel était le singulier roman qu'il s'était fabriqué dans sa tête pendant que le téléphone sonnait dans le vide.

— Où étais-tu ?

Coraline regardait les mites qui virevoltaient autour de la lampe qu'elle venait d'allumer. Son appartement était envahi par ces petites bêtes. Elle ne supportait pas les odeurs de naphtaline dans ses armoires, aussi préférait-elle risquer des trous dans ses pull-overs. Ça ne la gênait en rien, cette absence de coquetterie, malgré tous les efforts de sa mère qui avait voulu en faire une petite fille modèle. Côté caractère, Adeline était tout le contraire, méticuleuse, soignée jusqu'à l'extravagance. Ce rappel la fit sourire, tandis que Renaud s'impatientait devant son mutisme.

— Pourquoi ne réponds-tu pas ? A quoi penses-tu ?

Parfois, ça la prenait de les écraser, ces mites, contre la toile de l'abat-jour, au risque d'y imprimer à jamais de fâcheuses taches grisâtres. Et le nettoyage ensuite s'avérait encore pire que le mal, pire que les trous dans les lainages. Elle abhorrait l'odeur de l'Eau Ecarlate plus encore que celle de la naphtaline.

— Je ne pense à rien.

— Me diras-tu, au juste, ce que tu as fait de ta soirée ? Ça fait des heures que je carillonne.

Elle laissa couler un long silence. Elle n'avait pas envie de lui parler de ses mésaventures qu'il n'eût sans doute pas comprises. Qu'elle fût restée l'après-midi entière à la Sorbonne, alors que l'orage menaçait audehors, et que tout, autour d'elle, annonçait la catastrophe, Renaud ne l'eût pas mieux admis. Il la savait trop individualiste pour se risquer dans un comité et, pire encore, pour prendre fait et cause pour une de ces croisades auxquelles elle ne croyait pas.

— Tu es au courant de ce qui se passe au Quartier ?

— Oui, admit-elle. J'ai écouté la radio.

— Les examens sont foutus. C'est tout ce que nous aurons gagné. Quant aux gens, ils ne comprennent rien à ce qui arrive. Ils jugent ça durement. Il y a même des ouvriers qui sont du côté de la force. Tu te rends compte ? Comme fiasco, on ne pouvait rêver mieux !

La dernière phrase attira son attention. Ce « on », parmi lequel il se rangeait, lui prêta envie de sourire. Il n'y avait pire opposant au mouvement étudiant que Renaud. Que peut-il bien lui faire que ce soit un fiasco ? Au contraire, ça ne peut que le conforter dans l'opinion hostile qu'il lui réserve depuis le premier jour.

— C'est trop tôt pour juger, dit-elle. Et nous ne savons pas ce qu'il va advenir dans les jours prochains. Peut-être le mouvement va se renforcer, gagner les usines, conduire à la grève générale. Qu'en sait-on, au juste ?

— Avec tout ça, on oublie de parler de nous. Nous avons tellement de choses à nous dire.

Elle laissa glisser le combiné contre son épaule pour avoir les mains libres. Et elle alluma une cigarette. Il ne parlait plus. Ça lui coûtait de s'humilier de la sorte. Au bout du compte, il n'espérait qu'une chose, qu'elle l'inviterait à la rejoindre. Mais elle n'en avait pas envie. Elle se sentait sèche de l'intérieur, brisée aussi. Et cela, il ne pouvait le comprendre.

— Veux-tu que je vienne ?

— Non. Pas ce soir. Je suis fatiguée.

Elle énonça cela sèchement, au point qu'elle en eut du regret, mais c'était trop tard. Et discuter sa décision, c'était lui céder, mimer encore une fois les gestes de l'amour, répondre à des questions inutiles.

— Je ne te comprends pas.

— Demain, nous y verrons plus clair, fit-elle.

Je saurai alors, pensa-t-elle. Mes urines auront parlé. C'est quand même dégoûtant cette science des corps, ces organes qu'on interroge par tests interposés. Elle ne s'aimait pas assez pour avoir de la compassion pour ce ventre qui la déchirait une fois par mois. Elle songea que c'eût été tellement plus simple, dans l'histoire organique des femmes, qu'elles fussent soustraites à cette mécanique hormonale. Au fond, l'espèce se régénère par la douleur et le plaisir alternés, se dit-elle, sans qu'on sache, au juste, ce qui en fonde l'utilité, la souffrance ou la jouissance.

Coraline chercha le sommeil près de son transistor qui nasillait, le volume au plus bas. Des voix lointaines répétaient inlassablement ce que tout le monde savait, que ce 3 mai 1968, les étudiants étaient entrés en lutte contre le pouvoir et que le pouvoir s'était résolu à une action répressive, la pire qui fût, la plus désespérée aussi.

Vers la fin de la nuit, elle se réveilla en sursaut. Coraline ne pensait plus qu'à ça. Avec hésitation, elle poussa la porte de son cabinet de toilette, ouvrit la lumière. Le primotest était formel : elle était enceinte.

III

Le dos bien calé dans un fauteuil de velours rouge, partition ouverte sur ses genoux, Coraline suivait attentivement les sinueux parcours aléatoires des *Klavierstücke XI* de Stockhausen. Cela faisait la dixième fois, au moins, qu'elle repassait la bande magnétique montée sur le Nagra. Et chaque fois, elle se délectait à décrypter les différents trajets proposés par le compositeur. C'était comme de regarder le fond de l'univers par l'œil d'un télescope géant, une galaxie de sons qui en cachait une autre, encore plus loin, révélant à l'infini des plans superposés d'images sonores. Et lorsque Frédérik voulut lui ôter le casque, elle poussa un grand cri d'effroi. Elle ne se souvenait pas avoir laissé la porte de son appartement ouverte. Le jeune homme approcha l'oreillette de son visage. La musique le fit grimacer.

— Comment peux-tu écouter de telles horreurs ?

— Tu aurais pu sonner.

— Crois-tu que tu m'aurais entendu ? J'en doute, ma jolie.

Coraline stoppa le déroulement de la bande que lui avait confiée Betsy Liancourt et jeta la partition sur le tapis.

— Toi, tu écoutes les Beatles.

— *Michelle, ma belle, there are words that go together well…*, fredonna-t-il.

— Chacun son truc.

— Je connais ta discothèque, Pink Floyd, Bob Dylan, Jimi Hendrix, les Beach Boys, Elvis Presley...

Ils se mirent à rire ensemble. Zabelle arriva alors de la cuisine. Elle avait mis en route la cafetière électrique. Dans l'appartement de la petite Fayolle, chacun faisait comme chez soi. D'autant que l'espace ne manquait pas. Une folie, un tel appartement à deux doigts de la tour Eiffel. Chaque fois, ça étonnait le visiteur. Sauf Coraline, bien entendu. Elle n'avait jamais vécu que dans des grandes demeures. Une gentilhommière en Corrèze. Une maison de vacances à Douarnenez.

Zabelle sucra les cafés. Et comme il n'y avait qu'une seule petite cuillère, elle fit fondre les sucres dans chacune des tasses.

— Ça a bataillé jusqu'à trois heures du mat, dit Frédérik.

Et il fit sentir le revers de son blouson de toile.

— J'ai pris quelque chose comme lacrymos, je peux te le garantir.

— Bah, fit Coraline, ça pue l'œuf pourri.

— Où étais-tu, toi, pendant ce temps? demanda Zabelle.

Coraline baissa la tête. Elle n'avait pas envie de parler de son interrogatoire. Instinctivement, elle se caressa la joue, celle que l'inspecteur avait joliment claquée. Ce n'est vraiment pas un exploit dont on peut se vanter, pensa-t-elle. En définitive, j'ai été plutôt lâche. Sinon, le flic ne m'aurait pas relâchée. Comme une idiote, j'ai signé un document compromettant, alors que j'aurais pu faire de la résistance. Coraline s'en voulait d'avoir cédé, aussi facilement. Ne l'aurait-on pas tout autant remise en liberté ? Que pouvaient-ils faire de tous ces étudiants dans leur geôle ?

— Il paraît qu'ils ont appréhendé une centaine de types, dit-elle d'une voix embarrassée.

— Tout le monde a été remis en liberté. Sinon, nous aurions été les chercher jusque dans les commissariats.

Zabelle éclata de rire.

— Frédérik ne manque pas de lyrisme.

Elle vint l'embrasser avec un air de chatte amoureuse, rôle qu'elle jouait à merveille. Sa main s'était même insinuée dans le débraillé de sa chemisette. Elle aimait, ainsi, venir caresser sa poitrine velue, pincer la pointe d'un sein, un peu rudement même, et sentir les aréoles durcir sous ses doigts, bander, comme elle disait avec une moue gourmande. Cette fille avait la réputation d'être volcanique au lit. Mais cela se devinait comme le nez au milieu de la figure. Une griffeuse dans le plaisir. Et souvent, par une sorte de fierté mâle, plutôt imbécile, Frédérik montrait à la cantonade ses blessures amoureuses : coups de griffes dans le gras du dos, suçons aux alentours du cou. Ses voisins n'étaient pas loin de penser qu'ils eussent, eux aussi, obtenu ces trophées, sans difficulté, si la belle leur avait accordé ses faveurs. Mais elle était exclusive en amour, jalouse comme une tigresse, quoiqu'intéressée, tout de même, par la cour que les hommes lui faisaient. Un jeu, un simple jeu, où elle venait vérifier la manière dont son charme opérait.

Frédérik était tout entier captivé par les événements. Il ne parlait plus que de ça, la déroute des CRS, boulevard Saint-Michel, avant que les émeutiers finissent, la fatigue aidant, à leur rendre la rue.

— Mais nous la reprendrons ce soir, jura-t-il. Jusqu'à ce que le pouvoir cède.

— Cède quoi ? questionna Coraline.

L'abrupte question sembla le désarçonner. Frédérik n'était pas un théoricien. Pour cela, il s'en remettait à ses chefs et à leur catéchisme. Mais il les avait assez entendu gueuler dans leur porte-voix pour s'en souvenir, mot pour mot.

— Plus de forces de police dans les établissements universitaires, réouverture des facultés et, ajouta-t-il, une véritable réforme de l'université discutée avec l'ensemble des comités étudiants...

— Ce mouvement n'a aucune chance d'aboutir, ajouta Coraline, tristement.

— Et pourquoi ça ?

— Il n'est pas populaire. Les maos, les prochinois, les gauchistes de tous crins, font peur au bon peuple. Ça se sent.

Coraline reprenait là tout le discours que Renaud lui avait tenu au téléphone. Même si elle n'approuvait guère son attitude attentiste, du moins pensait-elle qu'il avait raison, lui, le fils d'ouvrier.

— Tu ne sais pas de quoi tu parles. Tu ne le sais pas parce que tu n'étais pas cette nuit dans la mêlée. Sinon, tu aurais vu et entendu, comme moi, les applaudissements des Parisiens quand les CRS se faisaient caillasser. Et aux fenêtres des immeubles, les gens jetaient des bassines d'eau sur les fumigènes et les lacrymos pour endiguer les nuages asphyxiants. Viens donc voir dans la rue ce qui se passe !

— Je ne te croirais que le jour où les usines seront en grève et que les ouvriers marcheront avec nous dans la rue. Le soutien des intellectuels, c'est bien joli, mais ça ne représente rien. Une poignée d'esprits bien-pensants qui ont trouvé l'occasion de distraire leur ennui.

Zabelle plaqua la main sur les lèvres de son amant pour lui éviter de proférer des paroles blessantes. Elle avait cette autorité sur lui, de le rendre à la raison quand le lyrisme révolutionnaire, qu'il affectionnait, en faisait un enragé.

De dépit, il alla charger le pick-up d'une grosse galette. C'était *Lay Lady Lay* de Bob Dylan. Du bout des doigts, il battait la mesure. Cette ritournelle avait un effet calmant sur lui. Il naviguait sur le tapis à petits pas dansants, se laissait chalouper à mesure que le rythme lui rentrait dans la peau.

Pendant ce temps, Zabelle avait rejoint son amie dans la cuisine. Coraline lavait les tasses méticuleusement. L'eau était brûlante sur ses mains. Et ça la rassurait cette brûlure sur la peau dont elle s'éloignait quand la douleur devenait insupportable. Puis, elle y revenait, obstinément, se disant que sa chair finirait bien par s'y accommoder.

— Tu es folle, s'écria Zabelle en tournant vivement le robinet d'eau froide. Tu vas te brûler, ma pauvre.

Elle la regarda en éloignant une mèche de cheveux qui lui barrait le visage.

— Tu veux me dire quelque chose ? questionna Zabelle.

— Je suis morte de peur.

Sa voisine remua la tête. Ce n'était pas la peine d'en dire plus.

— Tant que tu n'auras pas décidé ce que tu veux en faire ?

— C'est à lui aussi d'en décider, ajouta Coraline.

— Je ne suis pas d'accord, s'éleva Zabelle. Avec des idées pareilles, tu vas finir par te faire avoir. Les hommes ne sont pas adultes pour juger de ça.

— Quand le sont-ils alors ?

Elle la prit par l'épaule, doucement, et l'entraîna vers le recoin de la cuisine, contre une affiche, une reproduction de Gustav Klimt.

— Le jour où nous le décidons. Veux-tu faire ta vie avec Renaud ? Tu ne le sais pas. C'est la seule question qui se pose.

Zabelle essuya ses trois petites larmes et l'embrassa sur la joue. Un baiser claquant.

— Pendant des siècles, les histoires d'amour se sont terminées de la sorte. Par un mariage forcé. La femme a confondu la passion amoureuse avec l'instinct maternel. C'est un terrible malentendu. Il n'est aucune passion qui vaille lorsqu'on la force de la sorte, par l'engrossement. Merde alors ! Il est temps d'en finir avec toutes ces conneries. Notre ventre nous appartient, oui ou non ? Nous sommes libres d'en faire ce que bon nous semble. Ce n'est pas aux petits mecs d'en décider.

Coraline revint à son évier et ferma les robinets. Zabelle la fixait, les yeux injectés par la colère. Elle se sentait tellement solidaire qu'elle ne supportait pas cet atermoiement.

— Tu n'as jamais beaucoup apprécié Renaud, ajouta Coraline. Tu le trouves trop sérieux.

— Ce n'est pas la question. Que je l'apprécie ou non, on s'en fiche. Ce n'est pas à moi de décider si je vais passer ma vie avec lui.

— Je ne sais plus si je l'aime autant qu'avant.

— Ah ! soupira Zabelle rassérénée. Je te reconnais bien là. Faire un enfant avec l'homme qu'on aime, c'est une sorte d'accomplissement du sentiment amoureux. Mais l'inverse ne se peut concevoir.

L'arrivée de Frédérik interrompit leur conciliabule. Il rigolait tout seul. Il pensait à ce qu'avait écrit une main anonyme sur la porte de la chapelle, à la Sorbonne : « Dessous les pavés, la plage. »

— Nous irons à la plage cet été, fit-il.

— Ah oui ? s'interrogea Zabelle. Tu as décidé ça, tout seul ?

— Oui. Nous irons sur la plage de Saint-Michel.

Les filles rigolèrent.

— Et oui, il n'y aura plus de pavés. Alors, la grève, comme au premier jour où le soleil s'est allumé sur la terre. De la Seine à Port-Royal, nous y chasserons les crabes avec nos copines les mouettes. Et la mer reviendra nous saluer, nous les enragés unis vers Cythère.

*
* *

Depuis que le recteur Roche avait annoncé la fermeture de la Sorbonne, l'épreuve de force entre étudiants et gouvernement s'était choisi pour terrain de combat les rues du Quartier latin. Chaque soir, des milliers de jeunes affrontaient les escadrons de gardes mobiles et de CRS. Contre le gaz lacrymogène, on répondait par le pavé. Et les plus courageux, les plus enragés aussi — comme les journalistes avaient coutume de les nommer sur les stations de radio et à l'ORTF — n'hésitaient pas à aller au contact, matraques contre barres de fer. La police municipale se mit aussi de la partie en allant traquer les émeutiers jusque dans les immeubles, aux étages ou sur les toits. Les charges laissaient des blessés sur les trottoirs, des deux côtés. Et dans ce climat insurrectionnel, les rumeurs les plus folles circulaient parmi les Parisiens. On évoquait l'intervention de l'armée, de parachutistes prêts à fondre sur les manifestants, à surgir des bouches de métro. Les débats houleux à la Chambre des députés n'auguraient rien de bon, face à un gouvernement aux abois, impuissant à entamer la moindre négociation, soucieux de sauver la face, fût-ce au prix de mille périls.

Au petit matin, Paris se réveillait avec la gueule de bois, offrant aux regards des passants incrédules ses barricades abandonnées, ses voitures renversées, calcinées, ses arbres abattus, ses vitrines brisées, ses rues dépavées et ses façades noircies de fumée. Puis, sur le coup de midi, les contestataires s'en revenaient, bâillant de sommeil, dans le hurlement des sirènes de police. Alors, la cavalcade reprenait son train d'enfer avec sa noria de fourgons et de cars, déversant des cohortes de CRS, plus décidées que jamais à casser du gauchiste.

L'Ecole des beaux-arts, rue Bonaparte, avait été rebaptisée Atelier populaire. Tout un programme. L'atelier de lithographie Brianchon était, désormais, entièrement reconverti à la fabrication d'affiches révolutionnaires sur lesquelles les artistes exhortaient l'alliance des ouvriers, des paysans et des étudiants, dénonçaient la répression du pouvoir gaulliste. Certaines versaient dans le lyrisme le plus échevelé et promettaient, avec la chute du vieux monde vermoulu, un avenir sans interdit, sans police, sans Etat.

Frédérik avait travaillé toute la nuit, sans relâche, avec ses camarades des ex-Beaux-Arts, puis il s'était allongé au fond d'un couloir en se recouvrant d'une parka maculée de peinture acrylique pour se soustraire à la lumière des verrières. Dans une salle voisine, le comité des Arts déco poursuivait une de ces interminables réunions. Longtemps, sa somnolence avait été bercée par les éclats de voix. « Il suffirait d'un geste du pouvoir, disait un orateur, pour que ça cesse. — Quels gestes ? Tu te touches ou quoi ? — Que le gouvernement nous rende la Sorbonne, qu'il libère nos camarades et qu'il fasse rentrer ses flics à la niche… » Les rires et les sifflets reprirent. L'orateur préféra abandonner son discours, plutôt que d'affronter la meute qui s'était mise contre lui. « On-con-ti-nue-le-com-bat ! » chantaient les étudiants. Puis, il y eut une déferlante de garçons et de filles qui gagna les couloirs, les escaliers, la rue. Aujourd'hui, les leaders, toutes factions confondues, avaient appelé les étudiants, le peuple de Paris, à marcher sur l'Étoile. Le rendez-vous était donné à Denfert, pour 18 heures. Rien ne presse, songea Frédérik en jetant un œil sur sa montre-bracelet. Il avait à peine dormi, somnolé plutôt, trois heures. Il se laissa reconduire, gentiment, dans le sommeil, en pensant à Izabelle.

★
★ ★

Pendant ce temps, près de la gare du Nord, rue de Dunkerque, Coraline attendait au bas de l'escalier d'un vieil immeuble délabré que son ami vînt lui ouvrir. A travers le verre cathédrale de la porte, elle entrevit son image brouillée. Renaud poussa un cri de surprise et voulut la prendre dans ses bras. Elle s'y laissa enfermer, mollement.

Cela faisait trois jours qu'il la cherchait, en vain, que son téléphone sonnait dans le vide. Il s'était même inquiété de savoir si elle était encore à Paris.

— J'aurais compris que tu fuies cette atmosphère malsaine et délétère, dit-il en montant l'escalier devant elle.

— Tu ne pourrais pas dire à ton proprio de faire mettre la lumière, maugréa-t-elle. C'est à se foutre par terre toutes les trois marches.

Renaud prit sa main pour la guider.

— Tout le monde ne dispose pas d'un duplex dans les beaux quartiers.

Coraline s'attendait à cette réflexion. Ce n'était pas la première fois qu'il la jalousait d'habiter dans le 7e, la plupart du temps par des piques d'humeur anodines, plutôt bon enfant. Cette fois, elle perçut une pointe d'âcreté dans la voix. De tels propos n'étaient pas innocents. En vérité, Renaud rêvait de venir vivre avec elle. Et elle ne le lui avait jamais proposé. Pour ça, elle ne se sentait pas assez sûre. Son enfance solitaire l'avait aguerrie à l'indépendance. Des habitudes de vieille fille, déjà, disait Izabelle, qui était la dernière à comprendre son attitude. En effet, son amie admettait difficilement une relation avec un garçon sans partager avec lui le manger et le coucher. Je n'ai pas besoin d'une telle expérience pour me faire une opinion, répliquait Coraline pour couper court au débat.

Renaud vivait dans six mètres carrés, sous les toits. Et encore, une partie de l'espace était mangée par un pan coupé du plafond. Ils s'assirent sur le lit, côte à côte. Du pied, elle poussa une pile de livres branlante. Ce manque d'espace l'angoissait comme elle ne l'avait jamais été jusqu'alors. Pourtant, ce n'était pas la première fois qu'elle entrait dans sa chambre. Elle y avait fait l'amour, bien des fois, debout, couchée, et même contre ce lavabo, et jamais elle ne lui avait paru si réduite. Jamais non plus elle n'avait remarqué la pauvreté des murs, le jaune écœurant qui la submergeait jusqu'au plafond.

Le garçon n'avait pas lâché sa main. Il ne comprenait pas son manque d'enthousiasme après trois jours de séparation. Cela ne ressemblait pas au premier temps de leur amour où, à peine entrée, elle commençait déjà à faire passer par-dessus tête son tee-shirt et glisser sa jupe sur les talons, avant même de dire le moindre mot, comme si l'amour ce n'était rien d'autre qu'une offrande. Ensuite, ils allaient se promener sur les quais ou dans l'île Saint-Louis, faire le tour des petits cafés de Saint-Germain-des-Prés.

— C'est tout ce que tu as à me dire ? demanda-t-il.

Coraline fixait le mur écaillé devant elle, la petite table sur laquelle il avait l'habitude de travailler, la poubelle en matière plastique grise dégueulant de papiers chiffonnés.

— Je suis enceinte, murmura-t-elle.

Renaud abandonna sa main, presque instinctivement. Elle sourit en pensant : Je lui fais horreur, maintenant, avec cette chose qui grossit dans mon ventre. Les hommes, ça n'aime pas être mis devant leurs responsabilités. Celui-ci comme les autres. Celui-ci que j'ai tant aimé... Et elle vint coller ses deux poings contre son visage, agitant sa chevelure pour rajouter au désordre. Elle ne désirait que ça, paraître désolée, pour qu'il se mît à la détester, puisqu'elle n'avait su lui éviter ce désagrément.

— Tu es sûre ? questionna-t-il bêtement.

— Crois-tu que j'aurais traversé Paris pour te raconter des balivernes. J'ai fait un test, comme tout le monde.

— Ce n'est pas très fiable à ce qu'il paraît.

— Ne raconte pas d'idioties.

Renaud alla s'asseoir en face d'elle, sur une chaise jouxtant sa table de travail. Il ne supportait plus de ne pas voir son visage. Elle leva le regard vers lui, hébétée. Le silence l'embarrassait. Le silence, surtout. Comme si toute la culpabilité reposait sur ses épaules de faible femme. Elle soupira en tournant la tête de côté, vers la fenêtre qui donnait sur le ciel. Renaud comprit ce qu'elle ressentait et se mit à chercher ses mots. Ce n'était pas habituel pour lui de se justifier, comme l'eût fait un vieil amant endurci par le mensonge et l'hypocrisie. Avec ses réflexions à l'emporte-pièce, Coraline l'avait mis mal à l'aise, si mal à l'aise qu'il se sentait un peu bête, en face d'elle, comme s'il ne comprenait décidément rien au fonctionnement biologique des femmes et qu'il avait joué les adultes sans en mesurer les conséquences.

— Comment ai-je pu te faire ça ?

— Ne fais pas l'imbécile.

— Je me retire toujours à temps. Ne suis-je pas passé maître dans l'art du *coïtus interruptus* ?

Elle se demandait s'il ne mimait pas une fausse candeur. Elle le fixa, droit dans les yeux. C'était plus fort que lui, ce besoin de fanfaronner.

— Qu'est-ce que tu insinues ?

Il baissait la tête.

— Que j'ai eu un autre amant ? ajouta-t-elle.

— Je n'insinue rien, se défendit-il. J'essaie de comprendre.

— Alors, il fallait mettre du latex. Ça ne t'est jamais venu à l'esprit ? L'homme qui est passé maître dans l'art du *coïtus interruptus*, on aura tout entendu ! maugréa-t-elle devant la tournure de la conversation.

Toute cette explication lui parut d'un minable accompli. Le petit homme, qui était en face d'elle, se croyait donc si sûr de sa queue, si assuré de son maniement, comme s'il pouvait en piloter la semence à sa guise... Elle éclata de rire. Un rire nerveux teinté de désespoir. Elle avait tout imaginé sur l'avenir de leur passion, des promesses enflammées, des rêves de voyage, de complices chemins de traverse, mais point cette triste conversation sur le bon usage du coït.

— Si, au moins, tu avais le courage de te taire.

Renaud fit avancer son siège jusqu'au lit, pour se placer juste en face d'elle, à portée de main. Instinctivement, Coraline tira sur le pan de sa jupe trop courte. Elle ne supportait plus son regard sur ses cuisses. Aussi posa-t-elle ses poings contre son ventre, comme pour effacer l'attrait sensuel que son corps pouvait dégager.

— Tu sais bien que le latex, ça me glace.

— D'évidence, reprit-elle, ta technique n'est pas au point, parce que je me retrouve enceinte jusqu'au menton.

— D'ordinaire, je sens venir le mascaret...

— Quel joli mot. Où as-tu été dénicher ça ?

— C'est une allusion littéraire. Ça permet d'éviter d'en parler crûment.

— Les mots ne me font pas peur. Je préfère appeler un chat un chat, plutôt que de dire que je me suis fait engrosser par un mascaret.

Renaud ne sut s'il fallait rire ou se contenir dans un sérieux de façade. Du moins, ne pas risquer une caresse sur ce corps tendu comme une arbalète, au risque d'envenimer le cours des événements. Car elle semblait tétanisée, Coraline, par la terrible annonce qu'elle avait faite et qui avait motivé son déplacement jusqu'à ce coin reculé de Paris, la rue de Dunkerque. Elle avait voulu vérifier comment il réagirait et, *a priori*, ce ne lui était guère avantageux, l'oral de passage. Il faisait plutôt pâle figure avec son « maître dans l'art du *coïtus interruptus* ». Mais elle ne le savait pas non plus ce qu'il aurait dû dire et faire pour être à la hauteur. Elle était trop attentive à son sort, à cette chose nouvelle qu'elle portait dans son ventre et qui allait d'heure en heure, de jour en jour, la dévorer de l'intérieur. Renaud eût bien risqué un peu de tendresse, mais il ne voyait pas comment s'y prendre. Des gestes, des mots… Par quoi lui fallait-il commencer ?

Du bout des doigts, il vint effleurer son genou. Elle le repoussa avec agacement.

— Je t'en prie, murmura-t-elle d'une petite voix éteinte. Crois-tu que c'est le moment ?

— Je ne sais pas, dit-il. Je ne sais pas ce que tu attends de moi.

D'un bond, elle se retrouva près de la fenêtre. La lumière du dehors dorait sa chevelure. Ça lui faisait un halo lumineux autour de son visage blanc. Il la trouva aussi belle qu'au premier jour et se sentit submergé par un désir violent de la prendre dans ses bras. Il ne savait pas grand-chose des femmes, seulement qu'il suffisait de les embrasser pour tout arranger et les couvrir d'un silence de baisers. C'était la première fois que Coraline pénétrait dans sa chambre sans se donner à lui, instantanément, la première fois qu'ils s'observaient comme des étrangers.

— Si tu ne sais pas quoi me dire, alors je n'ai plus qu'à m'en aller.

Renaud se leva, à son tour, approcha d'elle, la main en l'air courant sur l'arête du plafond, si bas en cet endroit. Il avait cette manie en se déplaçant par crainte de se heurter la tête.

— Il faut me laisser le temps de réfléchir, balbutia-t-il.

Il réalisa alors qu'il n'avait pas bien formulé sa pensée. Il voulait dire : « le temps de me faire à cette idée... » Mais ça l'embarrassait de s'expliquer sur l'avenir. De ce côté-là, il avait les idées claires. L'avenir, son avenir, était tout tracé dans sa tête : conquérir des diplômes, un travail gratifiant, du pouvoir, de l'argent, l'argent qui lui manquait tellement.

— Je voudrais connaître tes intentions, insista Coraline.

Et comme il détournait son regard, elle ajouta :

— Ce n'est pas un sacrilège de poser une telle question ?

— Bien sûr que non. Mais c'est un tel choc, tu avoueras.

— Cet enfant, reprit Coraline, nous sommes deux à l'avoir fait. A moins que tu doutes de l'identité du géniteur. Ça, j'aimerais l'entendre de ta bouche. Car, si c'est le cas...

Elle crut préférable de ne pas achever sa phrase. C'était suffisant, ce qu'elle avait suggéré. Au moins lui laissait-elle une porte de sortie. C'était sa manière, bien à elle, de le mettre à l'épreuve. Mais Renaud était un garçon sans malice. Il ne comprit pas ce qu'elle voulait obtenir de lui, un acquiescement sans faille ou la fuite...

— Tu es folle ou quoi.

— Alors ?

— Cesse donc de me torturer, se défendit-il. Tu es là à me tourner le couteau dans la plaie. Donne-moi un délai de réflexion.

— Je n'aime pas attendre, lança-t-elle dans une réaction d'orgueil.

Elle récupéra son sac qu'elle avait jeté, en entrant, à la tête du lit et sortit dans le couloir.

— Tu ne vas pas partir comme ça ?

— Tu sais où me trouver.

Et la porte se referma, sèchement. Il pensa alors qu'il devrait vite la rejoindre avant qu'elle disparaisse dans la rue. Il sortit à son tour dans le couloir, hésita, puis revint dans sa chambre, l'âme torturée tout autant par ce qu'il venait d'apprendre que par son indécision.

*
* *

Ils étaient une armée, au coude à coude, autour de l'Arc de triomphe, entourant la stèle du soldat inconnu. C'était tout un symbole que ce lieu sacré de la république fût le théâtre de la contestation. Aux alentours, la police veillait, l'arme au pied, à une distance respectable comme l'avait exigé le préfet Grimaud. Personne n'avait intérêt à l'affrontement. Et les étudiants, eux-mêmes, veillaient singulièrement au respect du lieu. Par exemple, lorsqu'un trublion voulut uriner sur la flamme sacrée, le service d'ordre le repoussa énergiquement. A quoi bon une telle profanation ? Il n'avait pas demandé, lui, le soldat inconnu, à pourrir sous un couvercle de bronze, et encore moins choisi son destin. On lui avait enlevé jusqu'à son nom, ce pauvre malheureux, devenu par la volonté des puissants l'otage d'une boucherie immonde, de celle-ci et de toutes les autres, l'idole sacrifiée et sanctifiée des raisons d'Etat.

Sur la foule, flottaient les oriflammes rouges et noires de la cause des peuples, que ses adorateurs avaient amenées pour singer les messes républicaines des puissances établies. Un chœur entonnait à pleine poitrine

L'Internationale dont les couplets étaient entrecoupés de slogans : « Le pouvoir est dans la rue » ou « Nous sommes un groupuscule »... Ils étaient dix mille peut-être et s'étonnaient eux-mêmes de leur nombre, à ne savoir qu'en faire et vers quelle citadelle se diriger. Ils leur suffisaient d'être là, c'était tout. A croire que cette démonstration de force suffirait à faire trembler les maîtres dans leurs salons dorés.

Zabelle et Férédérik étaient de la fête, la voix éteinte d'avoir trop chanté et crié. Au-dessus d'eux, le ciel étoilé participait au bonheur. Et chacun se sentait gagné par l'illusion selon laquelle rien ne serait jamais plus comme avant, dans cette marche de l'histoire. De balbutiements en bégaiements, de surplace en valse-hésitation, il leur semblait qu'elle avait accompli, ce jour, dans l'exultation et l'allégresse, un bond en avant phénoménal. Une illusion lyrique, certes. Car le président était toujours à l'Elysée et les députés au Palais-Bourbon. Et quand la masse humaine reprit sa marche joyeuse, face aux cordons lugubres des policiers, elle oublia d'attaquer ces citadelles qui paraissaient pourtant à sa mesure.

A la dispersion, Zabelle et Frédérik remontèrent vers l'Odéon. Ils n'avaient aucune envie de se mêler aux petits groupes qui harcelaient sans cesse les gardes mobiles. Ils avaient compris ce que cherchaient ces maos surexcités et fanatiques, armés de barres de fer, le visage dissimulé sous un foulard. Ceux-là eussent voulu que le Quartier latin tout entier fût à feu et à sang, rien que pour démontrer à l'opinion le caractère fasciste du pouvoir. Impétueux comme il était, Frédérik eût facilement cédé à ces sirènes, sans Zabelle. Cette dernière n'avait pas de difficulté à lui faire comprendre qu'un bain de sang ne servirait en rien la cause étudiante. Selon elle, il fallait s'en tenir strictement aux seules revendications et s'acheminer vers un règlement du conflit. En vérité, soir après soir, les rangs grossissaient de ces gens qui n'avaient rien à voir avec le mouvement étudiant, qui ne s'étaient jamais assis dans un amphi et encore moins préoccupés de l'état général de l'université en France. Ils poursuivaient d'autres buts, d'autres fins : renverser le pouvoir, instaurer un état insurrectionnel, dont les étudiants eux-mêmes, du haut de leur candeur, eussent été au bout du compte les dindons de la farce.

Comme il y avait des échauffourées sur le boulevard Saint-Michel, que l'air était rendu irrespirable par l'explosion des grenades lacrymogènes, ils redescendirent par la rue Monsieur-le-Prince jusqu'au café Danton. A la terrasse, il y avait autant de touristes que de badauds venus en reconnaissance à la grande cavalcade du Quartier latin. Parfois, de petits groupes passaient et repassaient, jouant à cache-cache avec les CRS. Il se trouvait alors assez de Parisiens pour les applaudir, ces voltigeurs, les encourager même par des gestes amicaux. La population était tout entière du côté des contestataires. Elle se reconnaissait en eux ; ils osaient, ces enfants de Mai 68, ce qu'ils avaient toujours rêvé d'accomplir, bousculer l'ordre établi et sa morgue.

Frédérik était trop épuisé pour mettre de l'ordre dans ses idées. Il ne savait plus où il en était. Et lorsqu'il émergeait de sa torpeur, il se jurait de prendre des notes, pour se souvenir bientôt de ces nuits folles alors que la rivière impétueuse et déferlante s'en serait retournée bien sagement dans son lit. Mais c'était une promesse qu'il ne tenait pas. Pour ce faire, il eût fallu n'être qu'un simple témoin, campé sur ses froides hauteurs. Il y avait trop de passion qui bouillonnait en lui. Et le moindre mouvement de foule l'emportait déjà, au loin, comme un tronc roulé par le courant. D'une heure à l'autre, il changeait d'idée, de rêve, se contredisait, se confortait, se désespérait, s'épuisait à suivre le flux, de peur de perdre le fil de l'histoire qui se composait devant ses yeux ébahis. Dans le fond, il admirait le flegme de Zabelle, sa résistance aux emportements de la passion. Elle analysait froidement ce bouillonnement d'enthousiasme autour d'elle, refusant de s'y confondre, comme si elle craignait, confusément, d'en payer les désillusions. Cela le laissait rêveur. Et il se demandait ce qui pouvait, de la sorte, tempérer ses désirs, elle qui, d'ordinaire, dans la vie, dans sa vie amoureuse par exemple, ne pouvait résister à la moindre pulsion de l'âme.

Avachi sur son siège, devant une bière qu'il venait de commander, Frédérik écoutait, les yeux papillonnants. De la sorte, elle lui annonça la terrible nouvelle.

— Il a bien choisi son moment, ce crétin ! fit-elle.

Frédérik avait du mal à imaginer Coraline avec un bébé vagissant sur ses genoux.

— Tu crois qu'elle va le garder ?

Il posa la question en trébuchant sur les mots, la bouche empâtée par la fatigue.

— C'est toute la question.

— Je comprends maintenant pourquoi elle est si loin de tout ça.

Ils se regardèrent en hochant la tête.

— Elle n'a jamais beaucoup adhéré à ces idées qui nous agitent. Ça vient de son éducation, expliqua Zabelle. Son père est gaulliste. C'est ce qu'elle m'a dit.

— Ça peut arriver à tout le monde, dit Frédérik en bâillant.

— Enfin, son père d'adoption. Car son vrai père a été fusillé par les nazis. Tu savais ça ?

— Un résistant ? Encore un autre gaulliste. Décidément, elle a pas de chance.

— Oui, mais en 43, ce n'était pas la même chose.

— Crois-tu qu'il serait de notre côté pour autant ? Regarde Malraux. Jadis, dans les rangs des républicains espagnols. Aujourd'hui, dans le parti des flics.

— Malraux est vieux. Il réagit comme un vieux con, trancha Zabelle.

— Comme Aragon. Lui aussi, un vieux con. Il ne reste que Sartre de notre côté, dit Frédérik.

— C'est une mauvaise idée de vieillir. Crois-tu que ça nous arrivera ?

Le jeune homme se caressa le visage, étira sa longue chevelure emmêlée.

— Bien sûr que non.

— Alors, il nous faudra mourir vite.

Plus loin, il y eut un bruit de vitrine brisée. Puis, des cris. Des mouvements de panique. L'un des clients du Danton eut la présence d'esprit de ramasser la grenade et la rejeta dans la rue. Elle fusa quelques secondes puis explosa en libérant une fumée jaune et âcre. Instinctivement, Frédérik se laissa glisser sous la table. C'était un bouclier idéal. Izabelle regardait, sans en croire ses yeux, les policiers qui entraient dans le café, au pas de gymnastique. Tout ce qui était à portée de bidule ramassa des coups, insistants et rageurs. Même les paisibles clients, les mémères, les petits vieux impavides, les serveurs médusés… En moins d'une minute, il ne resta plus une seule table debout. Zabelle poussa un cri de colère. Ce ne fit qu'attirer l'attention d'un CRS. Il la fixa d'un air de gourmandise. Celle-là, il allait se la faire. Et comment… Elle para les coups en portant ses bras en avant. Mais un deuxième flic s'arrangea pour lui dégager le visage. C'était là qu'ils voulaient frapper, les cerbères, en pleine tête. Un si joli minois, ça les excitait. Zabelle vit le sang couler à grosses gouttes sur son tee-shirt blanc. Ça s'étendait à vue d'œil. Ça dessinait de jolis coquelicots. Alors, elle se laissa tomber sur le dallage, tout près de Frédérik. Lui, il s'était recroquevillé pour parer les coups de savates. Et coincé contre le mur, à la merci des flics, il ne pouvait rien faire d'autre qu'encaisser, en retenant son souffle.

IV

Coraline apprit par la radio le succès de la manifestation du 7 mai. Toutes les stations s'accordaient pour reconnaître que la balle était maintenant dans le camp du gouvernement, que celui-ci ne pourrait minimiser l'événement à l'activisme de quelques groupuscules. Tout laissait augurer l'ouverture de prochaines négociations.

Aussitôt, Coraline regretta d'avoir raté ce rendez-vous. Décidément, pensa-t-elle, je ne suis pas douée pour l'histoire. Alors qu'il faudrait descendre dans la rue, je reste enfermée dans mon appartement, à écouter les *Klavierstücke*. Et personne pour venir me chercher. Elle en voulut à Zabelle et Frédérik. Eux, au moins, n'avaient pas fait défaut. C'était toute la différence.

La radio donna le dernier tube de Procol Harum, *A wither shade of pale*. Elle l'écouta jusqu'au bout avec un serrement de cœur. Je ne suis pas plus douée pour la vie, se dit-elle. Pour une fois qu'un garçon s'intéresse à moi, il trouve le moyen de me coller un gosse. Suis-je bête, quand même ? Comme si je ne savais pas que, dans ce genre de situation, on ne peut compter que sur soi. D'ailleurs, il n'est pas nécessaire d'avoir un diplôme de psychologie pour comprendre que Renaud m'en veut d'autant de légèreté. Voire même d'insouciance.

Pour chasser ses idées noires, elle alla se faire un café. Dans ses périodes de déprime, elle se forçait à le boire sans sucre. Comme une punition. Ce serait trop facile de se gaver de sucreries. Elle avait lu que la dépression favorisait ce genre d'orgie. Car elle ne pouvait décidément pas l'appeler autrement, ce blues qui la possédait. Et ça la poursuivait jusque dans le sommeil. Elle se réveillait deux ou trois fois par nuit et, chaque fois, avec l'image de Gormont. Le petit homme la hantait toujours avec ses discours orduriers. Au sortir du commissariat, elle avait compris qu'elle ne s'en déferait pas aisément de son bourreau. A moins qu'elle se trouvât, par la suite, une âme compatissante à qui se confier. Une confession, ce lui ferait l'effet d'une thérapie. Mais elle ne savait à qui parler. Zabelle? Elle n'avait pas osé. Pourtant, n'était-ce pas sa meilleure amie? Sans doute ne voulait-elle pas lui offrir cette image d'elle, défaite? Quant à Renaud? L'aurait-il seulement écoutée? Déjà, elle imaginait sa réaction: « Tu avais besoin de traîner à la Sorbonne dans cette atmosphère de soufre? Qu'y cherchais-tu au juste? »

A la troisième sonnerie, elle arracha, excédée, la prise du téléphone. Elle savait qu'il carillonnerait sans cesse jusqu'à ce qu'elle se décidât à décrocher. Et elle n'avait pas envie de lui parler, ni à lui ni à personne. Elle avait tout juste besoin de réfléchir, allongée sur son divan, une tasse de café à portée de main. C'était l'idée, présentement, qu'elle se faisait du bonheur. Seule en face d'elle-même, comme une grande, comme autrefois, à La Nadalie, quand elle restait enfermée des journées entières dans les combles. Sa mère ne comprenait pas pourquoi elle avait ce goût de l'isolement. Ça la désespérait.

Adeline, elle, appartenait plutôt à la catégorie des femmes expansives. Une contrariété, il fallait que ça perce, quoi qu'il en coûte, comme un bouton de fièvre. Après coup, il était toujours temps de recoller les morceaux. Mais voilà, elle n'avait pas hérité de sa mère cette propension généreuse. De l'autre, alors? L'étranger... Ce père qu'elle n'avait jamais connu. Lui, il était peut-être ainsi, secret et solitaire, chiffonné de l'intérieur, à se faire un sang d'encre. A moins que ça remonte plus haut dans les gènes, d'un lointain parent. C'était une question qui l'agitait souvent, ses origines. Par quelle racine suis-je venue sur la terre, de quelle contrée et par quel hasard? Patrick Rochelle venait du Nord, d'un lieu où la guerre l'avait sorti de sa solitude pour le jeter, corps et âme, dans la tourmente. Il avait voulu jouer les héros, sauver les Français malgré eux, réparer les laideurs du monde. Et le destin, forcément, l'avait jeté en pâture aux fauves, sacrifié sur l'autel de la justice.

En retrouvant un peu de sérénité, dans le silence de son appartement, l'envie lui prit d'écrire à son père. C'était un usage auquel elle sacrifiait souvent. De même, le docteur Franck Fayolle ne se contentait pas d'envoyer des chèques, sèchement, comme on se défait d'une corvée. Il prenait soin de lui raconter les mille et un détails de la vie quotidienne à Galiane-sur-Sévère. Chaque fois, ces écrits lui rappelaient qu'il existait un endroit sur la terre, doux et tendre, où se lovaient ses rêves, ceux de son enfance, de ses jeunes années insouciantes. Car la tentation était trop grande de s'y replier. Aussi en écartait-elle, chaque fois, la perspective avec angoisse. Qu'y retrouverait-elle? Sinon les fantômes du passé avec lesquels son existence nouvelle ne pouvait composer. C'était une idée régressante, mortelle, contre laquelle elle luttait de toutes ses forces, quelle que fût l'ampleur de la nostalgie qui la possédait. Elle était partie à Paris pour y conquérir sa liberté. Une conviction désuète, sans doute, surannée, mais elle reflétait assez bien tout ce qu'elle pensait d'elle-même, que Paris lui donnerait la force de voler de ses propres ailes.

Certes, son père lui avait ménagé un nid douillet, confortable, ne serait-ce que pour lui éviter les affres du dépaysement. Et, semble-t-il, ça le rassurait de la savoir dans un bel appartement avec, à disposition, un pécule confortable. Il lui avait dit, en l'installant dans ses nouveaux murs : « Tu n'auras pas à te préoccuper de gagner de l'argent. Ainsi auras-tu l'esprit libre pour conduire tes ambitions, sans compromis, ni arrangement douteux. »

Parfois, elle s'interrogeait en voyant vivre Renaud, que sa famille avait abandonné sans un sou en poche, sur le bien-fondé d'une telle prévenance. Ce cordon ombilical lui pesait souvent, au point de se demander si son existence était aussi libre qu'elle l'imaginait. Ses préoccupations de petite-bourgeoise, de « fille à papa » comme avait dit Gormont, n'étaient-elles pas le comble de l'artificieux, une vie de poisson rouge, de plante d'ornement, dans un jardin d'acclimatation ? Coraline rêvait de jungle mystérieuse, d'espaces inviolés, peuplés de périls et de chausse-trappes où, enfin, loin de son collant passé, elle pourrait se réaliser.

Cette réflexion sur la liberté lui fit différer son projet de lettre. Elle déchira la feuille d'un geste rageur. Et puis, elle n'avait pas envie d'y évoquer les événements, les fameux événements dont toute la France parlait jusqu'au fond des chaumières. Sur le sujet, elle n'avait pas les idées assez claires. Elle craignait de devoir y mettre trop de passion, qui eût courroucé son père dont les vues étaient, sans nul doute, aux antipodes de celles qui agitaient cette jeunesse turbulente. Parler de la pluie et du beau temps eût paru encore plus suspect. Mieux valait donc se taire.

*
* *

Le lendemain matin, Coraline se décida enfin à sortir de l'appartement. Elle avait appris par son transistor que des pourparlers étaient engagés entre les syndicats étudiants et le gouvernement pour sortir de la crise. Sans doute, les effets psychologiques de la manifestation monstre du 8 mai. Mais elle fut vite déçue en découvrant la Sorbonne en état de siège. Les forces de police occupaient les issues, plus harnachées, casquées et armées que jamais. Le préfet de police avait dépêché tous les hommes dont il disposait, comme si l'on craignait en haut lieu que les contestataires vinssent reprendre, de haute lutte, ce symbole de la lutte étudiante. Les contestataires tournoyaient autour de ce camp retranché, comme un essaim d'abeilles excité d'avoir été délogé de son rucher. Ils allaient et venaient, par petits groupes, jouant de la provocation pour tenter de briser la muraille d'hommes qui se dressait devant eux, impavide. Le hourvari des clameurs laissait les CRS indifférents, assurés de leur supériorité.

Écœurée, Coraline redescendit vers le boulevard Saint-Michel. Elle visita, un à un, les cafés où ses amis avaient leurs habitudes. Chaque fois, la même litanie : on dénonçait les exactions de la police, l'intransigeance du gouvernement, la pleutrerie de la France profonde. On y annonçait des blessés par centaines, avec une exagération qui était le propre des lanceurs de rumeurs alarmistes. Car si le pouvoir était incapable, en ces heures agitées, de développer la moindre information digne de foi, les leaders étudiants, eux, y étaient passés maîtres en quelques jours. Ils occupaient les stations de radio, les plateaux de l'ORTF, et chaque fois y gagnaient en audience et en conviction. Tant à la présidence que dans les ministères, une étrange impression de vacuité s'était installée, comme si le pouvoir ne savait plus quelle décision prendre. Et faute de directives claires, il étalait sa force, honnie des foules, sa fermeté suicidaire. Il jouait de la matraque, s'obstinait à pourfendre des bandes de gamins aguerries au combat de rue.

Coraline retrouva ses amis, rue Bonaparte. Izabelle et Frédérik s'étaient retranchés aux Arts Déco pour panser leurs blessures. En découvrant le visage tuméfié de son amie, elle s'en voulut de ne pas avoir écrit sa fameuse lettre à Franck Fayolle. Elle s'en voulut de ne pas porter, elle aussi, sur le visage, les stigmates de la répression policière.

Zabelle n'en voulait à personne. Le flic, qui l'avait passée à tabac, n'aimait sûrement pas la jeunesse, à moins qu'il regrettât la sienne perdue. Une telle mansuétude amusait Frédérik. Lui, il n'avait plus qu'une envie, s'en faire un, un au moins, et l'assaisonner copieusement. Celui-ci payerait pour tous les autres, même pour ceux – et il y en avait – qui traînaient les pieds, qui jouaient mollement du bidule.

— C'est comme partout, expliqua-t-elle, il y a des salauds et de pauvres idiots. Des pauvres idiots pris dans la mécanique répressive. Nous sommes de sales gauchistes, à leurs yeux. Des enfants gâtés qui ne savent pas ce qu'ils veulent. Et ça vient nous donner la fessée du soir. Tout est ligué contre nous, poursuivit-elle d'une voix lasse. Les communistes en première ligne. C'est prêt à pactiser avec le pouvoir, à la première occasion. Plutôt ça que le grand soir. Ils sont furieux, les cons. Ils s'imaginent qu'on vient leur voler leur révolution.

Elle se tourna vers Frédérik, qui baissait la tête, la rage au cœur.

— Où sont-ils tes ouvriers ? Dans les usines. Comme des moutons. Ça les laisse indifférents qu'on tabasse leurs gamins.

— La classe ouvrière n'a plus de couilles, jura un des types qui séchait une affiche avec un sèche-cheveux. La preuve, ils se sont donné des dirigeants pourris jusqu'à la moelle, compromis jusqu'au cou. Et les députés communistes sont comme les autres. Ils vont gagner leur gamelle en s'allongeant.

Bordenave savait de quoi il parlait. C'en était un, lui, un fils de communiste. Son père était un pur et dur de Billancourt. Un admirateur de Staline. Un qui pleura toutes les larmes de son corps lorsque Joseph passa l'arme à gauche. Dès le début, dès le 22 mars, il claqua la porte au nez de ses vieux, pour s'éviter un coup de pied au cul. « Car, disait-il le front haut et fier, mon père m'aurait tabassé, quitte à terminer la sale besogne des CRS sur ma peau, mon gars ! »

Coraline pensait à Rochelle. Il avait été à leurs côtés dans la Résistance. Et elle se demandait ce qu'il aurait bien pu en penser, aujourd'hui, de de Gaulle et de ses godillots et des communistes le cul entre deux chaises. Peut-être, en ce temps, n'avait-il pas partagé leurs idées sur l'avenir de l'Europe, le pacte germano-soviétique. Mais ils s'étaient trouvés réunis quand même dans la clandestinité, faisant fi des divergences, pour combattre l'ennemi commun, plus pernicieux encore que les menaces de l'Armée rouge et les visées de la IIIe Internationale. A moins qu'il se soit dit, Rochelle : mettons d'abord Hitler hors d'état de nuire et nous aviserons ensuite, si Staline pousse ses divisions un peu trop loin... La suite, on la connaît. Cela dépasse le destin d'un homme, songea Coraline, de ses rêves, de ses doutes, de ses craintes.

— Aujourd'hui, nous nous trouvons bien aux côtés des prochinois, avança Coraline. Pourtant, je n'ai guère d'atomes crochus avec ces fanatiques.

Frédérik soupira longuement. Il n'avait pas envie de s'engager dans une de ces conversations qui font douter du lendemain. C'était un adepte de l'action pour l'action, quitte à laisser ses *a priori* au vestiaire. Ensuite, il serait bien toujours temps de démêler le salmigondis. Car il prêtait singulièrement une intelligence aux événements, celle de défaire sans aide extérieure, par la seule implosion des hasards, les malentendus, les quiproquos, les erreurs de jugement. L'action revivifiait les idées, les ripolinait, les oxygénait. Et pour étayer sa démonstration, il évoquait chaque fois la Révolution française. Après l'illusion lyrique et ses messes révolutionnaires, la guillotine et ses bourreaux et, enfin, le triomphe de la raison sur le terreau des terreurs accomplies jusqu'à plus soif. Qui aurait pu dessiner un tel destin au soir de la prise de la Bastille ?

— Tu es contre la Révolution culturelle ? interrogea-t-il.

— Je ne sais pas ce que ça veut dire. Mao est un tyran comme Staline. Ils sont faits du même bois, jura Coraline.

— Tu connais rien à la Chine, rectifia Frédérik.

Zabelle riait. Et ça lui faisait mal de rire. Ça tirait sur ses plaies.

— J'ai lu *Le Petit Livre rouge*, dit Coraline. C'est d'une connerie, ces aphorismes. Je ne pense pas qu'on puisse initier une révolution culturelle avec des truismes aussi débiles. On voudrait obtenir l'abêtissement d'un peuple, qu'on n'agirait pas autrement. Je préfère Rousseau, Diderot, Montesquieu, Condorcet, D'Alembert. Il y a matière à réfléchir, non ? Je veux t'en citer une : *On ne combat la guerre que par la guerre*... Et ce n'est pas la meilleure dans le genre. A qui fera-t-on gober que la guerre est un bienfait de la haute pensée dialectique ? La guerre ne fait pas de détails. Elle rectifie les pauvres gens en priorité. Et les salauds qui l'ordonnent en tirent les marrons du feu. Voilà ce qu'il aurait dû dire, ton Mao, avec sa Révolution culturelle.

Bordenave hochait la tête. Il se sentait plutôt prochinois pour emmerder son père. Ça ne relevait pas d'une réflexion attentive.

— Mao a voulu dire que les peuples font la guerre à la guerre en chassant les tyrans bourgeois du trône qu'ils ont usurpé.

— Il y a toujours une bonne cause à défendre quand il s'agit de s'entretuer. Et les peuples qui se laissent prendre au jeu fabriquent autant de tyrans qu'ils prétendent en détruire. On change de tyrannie, c'est tout. Les maos français me font aussi peur que leurs camarades de Pékin. Confions-leur le pouvoir et nous verrons ce qu'il adviendra de nos libertés.

— Tu parles comme les gaullistes, ricana Frédérik. La vieille Europe... La vieille démocratie... Platon... Montesquieu... On tourne en rond. Alors qu'il nous faut inventer de nouveaux rapports entre les gens. Plus de classes. Plus de privilèges. Plus de fortune. Plus d'argent. Plus de pouvoirs usurpés.

Bordenave exhiba fièrement son affiche. Elle montrait un troupeau de moutons dominé par la caricature emblématique du général. « Travaillez, et je ferai le reste ! » disait-il d'un air docte et paternaliste. Elle souleva des ricanements de tous côtés.

— Nave, t'es le meilleur, s'écria sa voisine.

Le jeune homme reçut ces éloges avec détachement. On ne comptait plus les affiches qu'il avait créées, se délectant à l'avance de les voir collées sur les murs de Paris et de la tête médusée du bourgeois, planté devant elles, comme une statue, n'en croyant pas ses yeux d'autant d'insolence.

— Nous gagnerons cette bataille aussi, assura Frédérik en embrassant du regard l'atelier de sérigraphie fleurant bon la peinture.

*
* *

Zabelle et Coraline s'étaient retirées dans un bureau voisin. Le désordre ambiant révélait qu'il avait été le cadre récemment encore d'activités fiévreuses. La ronéo était cernée de piles de tracts. Et la poubelle dégueulait de feuilles ratées, zébrées d'encre noire. Près d'une machine à café, qui avait rendu l'âme, les gobelets en plastique étaient restés en l'état, dans leur jus de marc et de sucre. Les femmes de ménage, elles aussi, s'étaient mises en grève, pour protester contre cette pagaille. Et personne ne semblait s'en plaindre. Le fatras faisait partie du folklore. C'étaient par ces signes qu'on reconnaissait qu'il y avait quelque chose de changé dans l'établissement. L'Ecole des beaux-arts était ainsi, sens dessus dessous, du bas en haut, depuis que les forces de l'ordre s'étaient emparées de la Sorbonne. Les réunions des comités s'y tenaient à toute heure du jour et de la nuit. Et de même servait de restaurant, de dortoir, de foutoir. C'était un îlot de liberté dans la tourmente, épargné jusque-là par la police, on ne savait trop pourquoi. Les profs avaient préféré abandonner le vaisseau à la révolution, puisqu'il n'y avait plus un seul étudiant disponible pour les cours.

— Tu a pris ta décision ? questionna Zabelle.

Coraline regardait sa voisine avec des yeux effarés. Elle se sentait gênée de tant de sollicitude. Ça l'embarrassait que sa meilleure amie vienne s'occuper, de la sorte, de ses affaires intimes. Mais après tout, n'était-ce pas de sa faute ? Comment avait-elle pu faire preuve d'autant de faiblesse en racontant son histoire, qu'elle eût dû, de toute évidence, garder pour elle seule ?

— Pas encore, marmonna-t-elle.

— C'est si difficile ! Tu lui as parlé ?

Elle hocha la tête. Izabelle hésitait à poursuivre. Mais elle connaissait bien son amie ; elle savait qu'elle avait besoin, pour se livrer, d'être un peu bousculée.

— Il t'a dit ce qu'il comptait faire ?

— Il ne m'a rien dit du tout. Il veut que je lui laisse le temps de la réflexion.

Izabelle sourit en balançant la tête de droite à gauche. C'était bien là une réaction d'homme, réfléchir, réfléchir pour différer l'instant de la vérité, avec le secret espoir que nous prendrons, entre temps, nous, pauvres femmes, la décision à leur place.

— Ce n'est pas très responsable.

— Je ne suis pas mécontente pour autant, reconnut Coraline. Car, dans le fond, je vais pouvoir me faire une solide opinion sur la réalité de son amour.

— Tu avais besoin de ça ?

Coraline avait saisi un des tracts sur la pile. C'était un appel, un de plus, aux ouvriers pour qu'ils rejoignent les étudiants dans leur lutte, toute affaire cessante. Ça puait le verbiage des apparatchiks de la vieille garde prolétarienne. Rien qui ne fît référence à l'essence de l'homme, sa dignité, son amour propre, sa pureté, seulement la solidarité avec les masses et l'éternel apologue revendicatif contre un capitalisme aux mains sales.

Zabelle répéta sa question. Elle ne supportait pas de la voir dans la lune. Elle lui arracha le tract des mains.

— Tu doutes de son amour ?

— Je doute surtout du mien, rétorqua-t-elle. Est-il si important d'aimer ?

La question sembla désarçonner Zabelle. Elle, c'était une amoureuse impénitente. Les garçons défilaient dans sa vie. Elle les remplaçait au pied levé. Et chaque fois, elle se jouait le grand jeu, sans se départir de son optimisme. Les chagrins, elle ne connaissait pas. A peine un petit pincement au cœur. Puis, elle retournait la situation comme un gant, sans s'interroger. Et au fond, cette disponibilité lui convenait bien. Un soir, elle disait : « Je suis célibataire » et, le lendemain, ne l'était plus, regagnée déjà par la frénésie amoureuse.

— Peut-être me suis-je accrochée à Renaud pour combler un vide.

Son amie l'écoutait, effarée.

— N'aimons-nous pas pour remplir un vide ? Pour faire comme tout le monde. Mais, une fois que nous avons vérifié notre capacité à séduire, que nous reste-t-il ? Un type sur les bras qui repose éternellement la même question : m'aimes-tu ? Oui je t'aime. M'aimes-tu vraiment ? Bien sûr que je t'aime, etc.

Zabelle vint la prendre dans ses bras pour la serrer contre elle, avec la même autorité condescendante qu'elle eût réservée à un amant transi, avec ce trop-plein maternel qui est le propre de l'amitié lorsqu'il se cherche une assise qui soit assez forte pour subvertir tous les autres élans du cœur. Car, dans ces moments-là, Izabelle la consolatrice plaçait l'amitié au-dessus de l'amour, au-dessus de la passion.

— Tu es en crise, toi. Il y a longtemps que le blues te tient ?

Elle n'avait pas envie de répondre. C'était tout lui livrer d'un coup et subir les leçons que Zabelle avait envie de lui distiller au creux de l'oreille : Tu peux m'écouter, car je suis la plus forte. Et venir t'appuyer sur mon épaule, sans crainte. Je saurais t'insuffler cette ardeur qui te manque...

Coraline se détacha d'elle. Décidément, elle n'aimait pas cette oppressante sollicitude. Dans le petit clan, on avait déjà dû en faire des gorges chaudes. Et il se trouvait bien quelques fins esprits pour la plaindre, d'une pitié désobligeante, comme si elle était la première fille à se retrouver enceinte. Ces prévenances étaient d'autant plus facile à aligner qu'on n'y aimait guère Renaud, qu'on n'y prisait pas son esprit indépendant, ses grands airs sérieux, sa manière hautaine de mépriser les engouements de ses pairs. Il donnait toujours l'impression d'avoir une longueur d'avance sur les autres, parce qu'il était issu d'un milieu modeste et que la rudesse de son destin lui avait ouvert les yeux sur le monde, alors que ses voisins en étaient encore à mastiquer des marshmallows à la guimauve.

Coraline l'avait remarqué, pour toutes ces raisons, en se disant que celui-ci, au moins, n'en était plus à l'âge des niaiseries. Aujourd'hui, cela l'embarrassait, sans doute, de reconnaître qu'il n'était pas si différent des autres. Et elle enrageait de s'être fait piéger comme une petite idiote. Ce sentiment d'impuissance avait généré la crise que Zabelle avait détectée, une crise dont elle était le centre, car c'eût été faire preuve d'un vaniteux aveuglement que de croire qu'elle était la seule victime et lui le bourreau, qu'elle n'avait pas de compte à se rendre. Mais l'histoire des femmes n'est-elle pas pavée de tels avatars se dit-elle pour se rassurer. Ils en sont même la substantifique moelle. Rien de nouveau sous le soleil, songea-t-elle du haut de son mutisme que sa voisine ne comprenait plus.

A la seconde, Coraline venait de décider de trancher le nœud gordien, seule, sans autre aide que sa détermination. C'était tout simplement dommage d'avoir l'esprit occupé par ça, alors qu'autour d'elle la fête battait son plein. Il y avait de quoi gâter la meilleure humeur du monde. Mais à quoi bon en parler ? Remuer le couteau dans la plaie ? De toute évidence, Izabelle n'aurait pas pu la comprendre, elle le savait. Inutile donc de s'appesantir sur le sujet. Elle ne possédait pas un goût immodéré pour le pathos. La preuve, elle n'avait rien dit de son passage entre les griffes de Gormont, alors que ses voisins tiraient gloire de leurs blessures, s'attardaient à montrer, à leur entourage, les preuves de la féroce répression, comme un militaire eût fait de précieuses médailles âprement gagnées au combat. Il y avait un côté infantile chez ses camarades qui la dérangeait un peu, et qu'elle n'eût sans doute pas remarqué si elle s'était trouvée dans une autre disposition d'esprit. A moins qu'elle se fût, elle-même, confrontée aux mêmes jeux... C'était donc son état de fille piégée qui la sauvait du ridicule ou qui la rendait, soudain, si clairvoyante.

A croire qu'elle avait déjà mis un pied dans le monde adulte. Et que la peur de Renaud résidait aussi dans la perspective d'y être projeté à sa suite. C'était une peur existentielle qu'elle pouvait comprendre. Mais ça n'arrangeait en rien ses affaires, car il lui restait une grave décision à prendre, et elle se trouvait seule pour l'assumer. Mais n'est-ce pas dans l'ordre des choses, qu'un homme se campe sur sa réserve ? songea-t-elle. Ne sont-ils pas tous conçus de la même sorte de bois ? Ceux-ci se résignent d'ordinaire à fabriquer des enfants, après le mariage, lorsque les dés sont pipés. Ils embrassent la carrière familiale, enterrent leur vie de garçon, comme ils disent, se mettent la corde au cou. On ne compte plus les expressions qui désignent cet état où l'homme se rend à la femme qui l'a choisi, se range à l'âge de raison, capitule dans ses ambitions de célibataire.

*

* *

La nuit du 10 mai, la folie s'empara de Paris. Des barricades en nombre incalculable se dressèrent rue Le Goff, Gay-Lussac, Saint-Jacques, Auguste-Comte, boulevard Saint-Germain, Saint-Michel... Comme en 1830, 1845, la capitale rebelle renouait avec ses anciens principes révolutionnaires. A la différence que, cette fois, l'autorité ne souhaitait pas la guerre civile, plutôt une victoire politique face à laquelle la barricade était devenue un enjeu symbolique. Tenir les barrages, coûte que coûte, jusqu'à l'aube, jusqu'à ce que la banlieue ouvrière se réveille et accourt, à la rescousse, tel était le rêve des étudiants engagés dans cette partie de bras de fer. A chaque charge des forces de l'ordre, la foule hurlait : « CRS-SS ! » Et souvent refoulés à coup de manches de pioche, de jets de pavés, de boulons, ou pire de cocktails Molotov, les cerbères se résignèrent à user de grenades offensives et au phosphore dont les explosions faisaient sauter les vitres des immeubles, flamber les voitures. Dans ce combat inégal, les fortins finirent par tomber, un à un. Piégés dans des rues étroites où ils se croyaient pourtant bien à l'abri, les jeunes combattants tombèrent entre les mains des CRS, pour y être copieusement bottés et matraqués.

Après la chute de leur dernière barricade, Frédérik et Zabelle trouvèrent refuge dans un grenier de la rue Gay-Lussac. Ils avaient perdu le souffle à respirer les fumées chlorées des grenades. Et étouffant leur toux derrière un mouchoir, ils attendaient l'aube, tandis que dans l'escalier voisin, les CRS patrouillaient à la recherche de leurs dernières victimes. Puis, les bruits de bottes s'éloignèrent, peu à peu. On les avait oubliés dans le petit réduit où ils s'étaient retranchés. Quelques mètres carrés de fouillis sous les toits.

Frédérik ouvrit la lucarne pour donner un peu d'air frais. Ils approchèrent leur visage du ciel que l'aube commençait à blanchir. Au-dehors, il y avait un grand remue-ménage. Des bulldozers de la police dégageaient la rue. Ce n'était décidément pas le moment de sortir. Ça pullulait comme des blattes, les policiers en civil, les CRS, les gardes mobiles, les pompiers aussi, qui finissaient d'éteindre les derniers incendies.

— Nous avons perdu la partie, fit Zabelle en se laissant tomber sur un vieux fauteuil en skaï noir.

— Je ne le pense pas, rectifia Frédérik. Après une nuit pareille, rien ne sera plus comme avant.

— Tu dis ça tous les jours. Le vieux ne cédera pas. C'est un militaire. Un militaire, ça ne lâche pas la partie comme ça.

— Je ne supporte plus ce défaitisme. Attendons pour voir. Il se peut que des barricades tiennent encore, que les ouvriers se mobilisent dans les heures qui viennent.

Zabelle ricana nerveusement. Elle ne savait plus si elle avait envie de rire ou de pleurer.

— Les ouvriers sont tenus par leurs syndicats. Tant qu'ils ne donneront pas de mots d'ordre, ça ne bougera pas.

Pour une fois, Zabelle se trompait. Là où ils se trouvaient, isolés au cœur de la tourmente, les deux adolescents ne pouvaient pas savoir que les premiers contacts venaient d'être établis entre les leaders étudiants et ouvriers pour préparer une riposte de grande envergure. Et dans le gouvernement, des interrogations se faisaient jour. Fallait-il envoyer les parachutistes contre la jeunesse ou négocier? Cette question divisait le pouvoir, au point qu'on n'attendait plus que le retour du Premier ministre, Georges Pompidou, en voyage en Afghanistan. Les partisans de la négociation fondaient tous leurs espoirs sur lui, face aux jusqu'au-boutistes qui voulaient encore croire que l'armée allait intervenir et nettoyer Paris, comme les Versaillais de 1870. En vérité, de Gaulle hésitait. Il y avait là un Rubicon à franchir. Et l'homme de l'appel du 18 Juin ne voulait guère ternir son image de résistant et de rassembleur des Français. Il avait d'abord méprisé ce charivari d'étudiants, jugeant que le pourrissement serait la meilleure des armes. Mais le foyer s'était étendu, avait gagné Paris, la province... Et peut-être, demain, la grève générale...

Coraline avait quitté la rue Gay-Lussac lorsqu'elle avait vu de quelle manière on traitait les filles dans les fourgons des CRS. Déshabillées et jetées à la rue, les cerbères les faisaient défiler avec un bidule entre les jambes. La peur s'était emparée d'elle, une peur viscérale, celle de finir comme ses camarades, violentée ou ridiculisée, cela revenait au même. Elle gagna la rue d'Ulm et se replia dans les locaux de l'Ecole normale sup. Elle n'avait fait que suivre le mouvement. Car tous les étudiants savaient que les flics n'oseraient pas investir la prestigieuse citadelle. Et au matin, ils étaient encore un petit nombre, dans la cour, à attendre on ne sait quoi, à l'abri des hautes grilles. Certes, les CRS encerclaient l'ENS, mais n'avaient pas reçu l'ordre d'y pénétrer, comme on pouvait s'en douter.

Coraline trouva un bureau sur lequel elle s'étendit, à la recherche d'un sommeil réparateur. Elle était claquée, vannée, à force de courir. Et ce qu'elle avait vu, au cours de ces dernières heures, dépassait l'imagination. Elle aussi s'était laissé prendre par l'illusion lyrique, comme eût dit Malraux. Elle avait espéré que l'armée étudiante refoulerait les forces de l'ordre hors du Quartier latin et que la Sorbonne serait enfin libérée au matin. C'était un fiasco. Un de plus. Les flics avaient fini par enlever les barricades et par défaire cette armée qui n'avait, pour se défendre, que ses mains nues et la force de ses convictions.

V

Betsy Liancourt habitait non loin des événements, dont les remugles parvenaient à peine aux portes de son bel appartement feutré, rue Cardinal-Lemoine. De son balcon, on jouissait d'une belle vue sur le pont de Tournelle, la Seine, et les beaux immeubles rococos du quai de Béthune.

Coraline vint lui rendre visite le surlendemain des émeutes qui mirent toute la France en émoi, tellement en émoi que le pouvoir prit peur en mesurant la chance inouïe qu'il avait eue de ne pas connaître un bain de sang, au point qu'il convint, par la voix autorisée de son Premier ministre, de rendre la Sorbonne aux étudiants et de remettre en liberté les prisonniers. Elle trouva son professeur de composition drapée dans un sari rouge, la coiffure en désordre, et le fume-cigarette aux lèvres. C'était sa tenue favorite depuis qu'elle avait séjourné en Inde, au Punjab, pour y apprendre les rythmes de raga, de tala, et y suivre les cours de Ravi Shankar à Benarès. La découverte de la musique indienne, de ses sources, de ses règles et de sa philosophie, avait influencé le parcours créatif de Betsy Liancourt. En 1965, elle avait composé trois *Eloges de Saraswati* (déesse de la sagesse), pièces pour sitar, vina, sarod, percussions et voix, et l'année suivante une dizaine de chants d'amour dans le style vocal des tappas. Puis, elle était retournée vers la nouvelle musique occidentale post-sérialiste par laquelle on distinguait son œuvre dans les sanctuaires de la production contemporaine prisée par un petit nombre d'amateurs. Dans les manuels, les catalogues du Domaine musical, on citait régulièrement Betsy Liancourt aux côtés de compositeurs tels qu'Olivier Messiaen, Pierre Boulez, Luigi Nono, Bruno Maderna ou Karlheinz Stockhausen... Dès 65, alors que Coraline faisait ses études au Conservatoire de Paris, elle accepta de la prendre sous son aile pour lui insuffler les rudiments de la nouvelle musique que l'on ne prisait guère dans les instances officielles. C'était l'époque où Coraline Fayolle voulait composer une série de lieder sur des poèmes de Saint-John Perse et de Henri Michaux. Betsy Liancourt la guida dans son travail, corrigea ses erreurs, lui ouvrit des horizons insoupçonnés et, surtout, lui insuffla l'audace qu'il convient de posséder lorsqu'on veut démonter le vieux et sacro-saint système modal pour inventer des sons nouveaux et bâtir des structures musicales inédites.

La compositrice lui servit du thé à la menthe qu'elle était elle-même en train de boire. Elle en avalait toute la journée, des quantités, pour se donner du cœur à l'ouvrage. Du reste, sur sa table de travail, près d'un piano droit, une partition était étalée, griffonnée de notes, chiffrée en couleurs différentes. Cela ressemblait à une œuvre calligraphique d'un Mark Tobey.

— Je vous dérange, déplora Coraline. Je vois bien que je vous importune...

Betsy introduisit une gauloise dans l'embout de son fume-cigarette et en tira une bouffée avant de répondre d'un petit mouvement de la tête, en signe de dénégation. Coraline la savait trop polie pour la mettre à la porte. Ce n'était pourtant pas l'envie qui lui manquait, car Betsy n'aimait guère être dérangée pendant son travail. Celui-ci exigeait d'elle une telle concentration que la moindre dissipation brisait son élan pour la journée. Ensuite, pour récupérer sa veine créatrice, il lui fallait revenir au point de départ et reprendre le fil de son inspiration. La pièce musicale lui venait souvent d'un long trait d'esquisse, ininterrompu, sur lequel elle retravaillait par touches augmentées, comme un écrivain eût fait en excroissants becquets au fil du texte. Sa composition relevait de la même technique. Elle s'en était souvent expliquée devant des parterres d'étudiants distraits et qu'elle réveillait en haussant la voix. Car elle avait une mauvaise opinion de la jeunesse. Elle la trouvait d'une manière générale trop dissipée par la superficialité de l'existence, lui reprochait fréquemment ses engouements fugaces, ses entichements velléitaires.

— Alors, ma petite, que faites-vous en ce moment? questionna-t-elle en s'asseyant dans un profond fauteuil de cuir havane.

Betsy avait réalisé que quelque chose d'inhabituel hantait cette jeune fille. Il n'était pas dans sa manière de s'inviter à l'improviste. Elle prenait rendez-vous deux ou trois jours à l'avance, s'informait au préalable de sa disponibilité. Coraline s'assit à son tour sur le siège pivotant du piano. Ses doigts effleurèrent les touches, sans oser tirer le moindre son.

— Je ne vais pas très fort, dit-elle.

— Oui, c'est un fait, admit Betsy en la contemplant de pied en cap.

Coraline, si coquette d'ordinaire, portait un tee-shirt froissé, taché, un jean déchiré au genou. Cela faisait trois jours, au moins, qu'elle arpentait le Quartier latin, séjournait dans des endroits de fortune, comme si elle appréhendait de retourner dans son appartement de la rue Camou, pour y faire un brin de toilette et dormir, au moins, une douzaine d'heures d'affilées. La raison ordonnait ce joli programme. Mais elle avait perdu ses marques. Il n'y avait rien de plus qui la possédait que cette frénésie du mouvement, de l'errance, qui s'était emparée d'elle. Le virus l'avait contaminée, elle aussi, à l'exemple de tous ses camarades dont on voyait les visages dans tous les journaux, traits tirés, mines abattues. Les enfants de la Sorbonne étaient tous taillés sur le même modèle, et Betsy en avait un spécimen dans son salon, ni plus ni moins fourbu que la moyenne.

La musicienne en ressentit de l'amusement.

— Dites-moi ce qui ne va pas. Peut-être pourrais-je faire quelque chose ? A moins que je ne puisse rien. Tout le moins, vous écouter…

Coraline réalisa que dix minutes s'étaient écoulées, au moins, sans qu'elle eût ressenti le besoin d'aller et venir en tous sens comme un chien perdu.

— Respirez profondément. Soyez zen, ma fille. Et après, nous parlerons.

Betsy semblait réfléchir en fixant une reproduction de Paul Klee qui occupait le mur, en face d'elle.

—Voulez-vous que je vous joue quelques traits de ma dernière sonate pour piano ? Vous me direz ce que vous en pensez ?

Coraline lui caressa la main avec cette affection étrange et souterraine qu'elle n'avait même pas pour sa propre mère. La musicienne prit sa place devant le piano. Ses doigts fins et longs égrenèrent les notes en sourdine, une à une, détachées, percutées. Ce lui fit l'effet d'une eau qui coule, comme dans certains accords de Debussy. Elle pensa à un lieu, comme souvent cela lui arrivait en écoutant de la musique. Et, précisément, à Saint-Guilhem-le-Désert, avec ses murets de pierres sèches protégeant de petits jardins exubérants, et le murmure de l'eau, quelque part, irriguant en douceur les veines de la cité écrasée de soleil. Elle chercha l'ombre. Et elle la trouva dans une allée de figuiers et d'amandiers qui bruissaient dans la palpitation du jour.

— Ça me fait songer à Saint-Guilhem-le-Désert, dit-elle lorsque Betsy détacha ses doigts du clavier et les maintint suspendus encore quelques secondes. Vous souvenez-vous de votre concert dans l'abbatiale ?

— Vous auriez envie de ce voyage ? Je le comprends fort bien. Mais qu'est-ce qui vous en empêche ?

— Le temps du trajet serait exténuant. L'idéal serait plutôt d'y être transportée par un coup de baguette magique. Hop, le temps d'un soupir. Et se retrouver à l'ombre des oliviers dans la stridulation des cigales. Et votre musique, chère Betsy, qui roderait dans l'ombre épaisse et fraîche du cloître.

La musicienne se remit à jouer. Avec deux doigts, elle flûtait, en notes aiguës, le craquettement des psylles.

— Comme ceci, par exemple…

Elle insista en modulant.

— Vous voyez que la musique, ce n'est pas compliquée. Il s'agit de se laisser emporter par ses sensations. La mémoire a ce pouvoir magique de faire resurgir des émotions anciennes que l'on croyait définitivement enfouies dans les strates profondes du souvenir.

Elle récupéra son fume-cigarette qu'elle avait posé en équilibre sur le dessus du piano.

— Vous ai-je raconté ce voyage que je fis, autrefois, à Illiers, sur les traces de Marcel Proust ? Quelle déception, mes aïeux ! Les charmes du clocher de Méséglise ou de la Vivonne, je ne les retrouvai pas. Le clocher était d'un commun affligeant et la Vivonne une petite rivière sans importance. Peut-être seriez-vous déçue, aujourd'hui, de Saint-Guilhem-le-Désert, comme je le fus, en mon temps, d'Illiers. Peut-être n'y retrouveriez-vous pas l'émotion première qui vous fit aimer ce lieu. Tout dépendrait de la manière dont vous aborderiez ce rivage. Le spleen, qui vous occupe présentement, en dévorerait le désir. Cela, ma petite, je puis le parier sans risque.

— Vous aussi, vous avez abordé Illiers avec le spleen ?

— Non. Ce ne fut pas la même chose. L'univers composé sous la plume de Proust est sublimé. Forcément. Et je ne percevais pas, dans ce lieu, l'âme des choses qui avait ému l'écrivain. J'eus même l'impression de parcourir un paysage qui était étranger à *la Recherche.* Ce que je désirais, au fond, c'était le paysage de Proust, tel qu'il l'avait décrit. Et celui-ci n'existe pas dans la réalité. Il n'est que figure de papier et danse de mots, architecture d'ombre et de lumière.

Betsy se balançait de gauche à droite sur son tabouret à pivot, comme Coraline l'avait vue faire si souvent durant ses cours de composition et d'analyse musicale. La compositrice aimait puiser ses démonstrations dans la littérature, celle-ci lui offrait un champ infini de réflexions. Aussi, quand elle ne composait pas, elle lisait en annotant les marges des bouquins. Plus par manie que par utilité, car il y avait peu de chance qu'elle eût à s'en servir un jour. Du moins ne l'avait-elle jamais vue rouvrir un livre pour y quêter une idée qu'elle avait pourtant soulignée. L'avoir simplement annotée suffisait pour qu'elle s'en souvienne, même des années après. Et c'était magique, sa facilité à aligner les figures de rhétorique, les métaphores littéraires, les modèles livresques. Ainsi éclairait-elle d'une lumière neuve ses combinaisons musicales, en démêlait-elle le jargon abstrait.

— Vous ne me dites rien sur votre spleen. S'agit-il d'une peine de cœur? Vous êtes d'un âge où les cristallisations amoureuses se font et se défont, j'imagine, au gré des fantaisies. Car on ne trouve rien qui soit à sa juste hauteur... N'ayez crainte, cela durera bien plus longtemps que vous ne l'imaginez. Le cœur ne prend pas de rides.

Elle se laissa emporter par un petit rire. Betsy Liancourt était assez fière de sa réflexion, ou plutôt de l'effet produit sur sa voisine, comme si elle avait voulu lui faire comprendre que ces peines-ci s'ajouteraient les unes aux autres sans rien altérer du désir profond d'absolu qui est le propre de l'esprit humain.

— Je ne voudrais pas vous ennuyer avec mes affaires personnelles. Vous êtes à cent lieues de tout ça, Betsy.

Coraline se demanda alors si la compositrice avait encore un amant, avec sa petite soixantaine, et si elle aussi se débattait avec les passions. Elle ne lui avait jamais connu un seul homme dans sa vie, à moins qu'elle leur préférât les femmes, à moins qu'elle eût tiré un trait dessus. Toutes les solutions étaient envisageables. Mais jamais, ô grand jamais, elle eût osé l'interroger là-dessus. Sans doute n'aurait-elle rien obtenu d'elle, secrète comme elle était jusque dans sa manière de distiller les phrases, au compte-gouttes, avec cette préciosité qu'elle admirait et qui lui donnait un genre vieux siècle. Cela ressemblait à de la pudeur, mais ne l'était pas, en définitive, car elle l'avait déjà entendue commenter les affaires de cœur de ses élèves avec un langage un peu rude qui laissait entrevoir une certaine appétence pour la chose.

— Du moins, que cela ne vous dissipe pas de vos ambitions. Car il n'est aucune passion qui mérite qu'on lui sacrifie quoi que ce soit. Et ce serait un bien piètre amoureux celui qui vous demanderait un sacrifice. L'amour, savez-vous, lorsqu'il se fortifie, est dévorant. Il exige des preuves, des renoncements, des reniements. Fuyez tout cela ! Fuyez ! Espérez un amour, sans sacrifice, sans offrande. Qu'on vous aime, certes, mais pour ce que vous êtes, seulement.

— J'attends un enfant, lâcha-t-elle les lèvres tremblotantes.

Betsy fronça les sourcils. Elle ne croyait pas ce qu'elle venait d'entendre. Et sur le coup, elle en ressentit un pincement au cœur. La musicienne éprouvait pour son ancienne élève une amitié particulière qui s'était fortifiée avec le temps. Si elle doutait qu'elle puisse devenir, un jour, une compositrice d'importance, elle se retrouvait dans cette jeune fille telle qu'elle était au temps de son adolescence. Elle aussi était issue d'un milieu bourgeois, hermétique aux aventures de l'art, mais elle avait su s'en détacher lorsqu'on lui avait planifié un destin des plus classiques. Betsy subodorait que son élève suivrait la même trajectoire. Certes, Coraline Fayolle appartenait à une autre génération. La bourgeoisie avait changé, elle aussi, par la force des choses. Elle n'était plus assurée de ses certitudes sur les temps à venir. Dans la friction avec l'histoire, elle avait perdu de son arrogance et de sa morgue. Ne s'était-elle pas discréditée au contact de monstres froids, cette classe hautaine qui avait prétendu dicter les valeurs morales à la jeunesse ?

Betsy avait compris que Coraline n'aurait plus à batailler, comme elle avait dû le faire, pour assurer sa liberté. Celle-ci allait de soi, dans l'effondrement du vieux monde.

— Ma pauvre petite, c'est une tuile à ce qu'il semble, jura-t-elle.

— Et depuis que je suis enceinte, je m'interroge sur cet amour. Est-ce qu'il mérite ce...

— Cette offrande, termina Betsy.

Coraline se mit à rire, nerveusement.

— Ce serait une offrande s'il était désiré de ce côté-là.

— Vous voulez dire que vous seriez prête à l'assumer, seule ? Curieuse mode, en vérité. La femme prétendrait ainsi se libérer du poids ancestral de l'homme sur le cours de son destin. J'ai lu cela chez Madame de Beauvoir. Les hommes deviendront-ils seulement des géniteurs ? On tirera d'eux le sperme nécessaire. Et ensuite, on les priera de prendre le large. Car on ne saura plus s'ils peuvent encore servir à quelque chose. Puisqu'ils auront perdu le goût de la romance, il leur restera l'érection...

— Mais s'il ne veut pas de cet enfant, pourquoi l'obligerais-je ?

— En effet. Alors, c'est un accident.

Coraline ne savait plus que répondre. Dans ces heures fiévreuses de mai, elle avait imaginé toutes les possibilités. Et, inconsciemment, sans doute cherchait-elle des réponses chez ceux qui pouvaient les lui apporter. Elle ne se sentait plus la force d'affronter ce choix, seule. Puisque Renaud faisait défaut, il fallait bien se débrouiller. Aussi avait-elle hâte de connaître l'opinion de son ancien professeur, si tant est qu'elle se risquât à la lui donner. Il s'agissait tout de même d'une affaire intime, des plus intimes, de celles qui engagent dans son âme et sa chair, de celle qu'on peut se reprocher ensuite jusqu'à son dernier jour.

— Vous ne savez pas si vous l'aimez votre géniteur ? fit Betsy d'un ton pincé. Vous l'aimez sans doute au point de partager du temps avec lui, mais pas assez pour envisager de vivre une existence entière à ses côtés ?

Elle hocha la tête. C'était une façon abrupte de se résumer et qui ressemblait bien à Betsy Liancourt. Dans sa vie, les décisions, elle les avait prises avec le même détachement froid. Telle était aussi sa musique, détachée et clinicienne, à la manière dont on écrivait, en ce temps, certains romans.

— Je ne me sens pas aussi lucide que vous.

Betsy sentit qu'elle devait trancher à sa place puisqu'elle ne le pouvait pas ou qu'elle était pleine d'indécision.

— Voulez-vous un conseil ? Agissez avant qu'il ne soit trop tard. Il est des médecins complaisants sur la place de Paris.

Coraline gagna le balcon encombré de lauriers-roses. L'air de Paris était doux, après une journée de pluie. Les beaux jours étaient en train de s'installer. La lumière était blanche et vive et le bleu du ciel ne demandait qu'à percer sous le fin voile de brume. Betsy la rejoignit, sans un mot de plus. Toutes deux, elles regardaient la Seine et le pont de la Tournelle. L'île Saint-Louis semblait patinée de bronze.

— Je vous remercie de votre franchise.

— Ne me remerciez surtout pas. Vous pourriez en avoir des remords.

Elles suivirent des yeux les pigeons qui allaient d'un toit à l'autre, vers le boulevard Saint-Germain. Parfois, ils se risquaient jusqu'aux balcons des immeubles pour picorer quelques pitances abandonnées, puis repartaient sans s'attarder, comme si le temps aussi leur était compté.

— Que pensez-vous des événements ?

Betsy Liancourt s'attendait à cette question. Elle s'était même étonnée qu'on ne la lui eût pas posée plus tôt. A la tenue vestimentaire négligée de son ancienne élève, elle avait compris qu'elle était, elle aussi, de la cavalcade.

— Peu de bien ! fit-elle en redressant sa chevelure grise que le vent avait rabattue sur son visage.

— Je croyais que vous seriez de notre côté, fit Coraline déçue.

— Pas plus du vôtre que de celui du gouvernement. C'est une vieille histoire que ma défiance à l'égard de la politique. Du reste, je ne vote pas. Je me contente juste d'écrire de la musique. C'est bien suffisant.

— Vous ne croyez plus en la démocratie ?

— En 58, de Gaulle a instauré une monarchie constitutionnelle. Il a fait comme Bonaparte, Louis-Napoléon et consorts, il s'est sacré président de la République avec des pouvoirs exorbitants. A quoi bon voter ? Il n'est plus qu'à suivre la voie du sang, instaurer une lignée gaullienne, comme il y eut celle des Plantagenêts, des Valois, des Capétiens…

Coraline sentit qu'il y avait de la provocation dans ce propos, un brin loufoque.

— Peut-être est-il temps de faire une nouvelle révolution ?

— Pour y installer quoi ? Une dictature communiste ? Un nouveau Robespierre avec son petit livre rouge ?

Savez-vous comment les gens vivent derrière le rideau de fer ? L'art y est contrôlé par des fonctionnaires. Les œuvres de Dimitri Chostakovitch, Edison Denissov, Alfred Schnittke ou Sofia Goubaidoulina passent à la censure. Il est des apparatchiks qui ont des opinions sur le dodécaphonisme. En quoi cela les concerne-t-il ? A-t-on déjà vu une symphonie, un opéra, une sonate pour piano, menacer un gouvernement ? Et pourtant... Cela se passe, ma petite, à trois heures d'avion de Paris. Je plains nos intellectuels qui se sont acoquinés avec ce système et qui fondent l'avenir sur ces idéaux-là. Les lendemains déchanteront lorsqu'il leur faudra enfin ouvrir les yeux. Supporteraient-ils, nos écrivains, nos philosophes, qu'on leur mesure le papier ? Qu'on caviarde leurs livres ? Qu'on leur dicte la bonne façon de penser ?

— Nous ne voulons pas du communisme, se défendit Coraline. Cela est clair. Et nous nourrissons majoritairement la pire défiance à l'égard des maoïstes. D'ailleurs, le Parti communiste français est contre nous. Marchais nous assassine à tour de bras dans son journal. Et Krasucki, le chef de la CGT, a engagé des pourparlers en secret avec le pouvoir. Ils ont hâte que ça finisse.

— Vous êtes bien naïve, ma chère enfant. Tant qu'ils n'ont pas récupéré votre mouvement, ils font le gros dos. Mais ils y travaillent. Que croyez-vous ? *Le gauchisme, maladie infantile du communisme*, avez-vous lu ça ? Pour eux, vous êtes des enfants du communisme qu'il convient d'éduquer avant de vous conduire, en rangs serrés, dans le parti. C'est cela leur seul rêve. Bâtir un front commun converti à la même chapelle.

— Nous sommes irrécupérables, fronda Coraline. Vous verrez. Ils s'y casseront les dents.

— Je le souhaite. La dernière chance, ce sera Mendès-France. Cet homme a les épaules assez larges pour récupérer la situation.

— Vous pensez que de Gaulle va partir ?

— Il n'a guère le choix. Maintenant, ce serait un miracle qu'il récupère la situation. De plus, il est entouré d'une bande d'imbéciles. Des ministres incapables de prendre la mesure des événements. Des politiciens qui vivent hors du temps, à l'ombre de palais dorés, des hauts fonctionnaires pétris d'arrogance... Avaient-ils besoin, ces cons, d'envoyer la police à la Sorbonne ? Même Philippe Auguste n'avait pas osé... Pour l'heure, Georges Pompidou a l'air de vouloir réparer les erreurs. Mais il est trop tard. La roue est lancée, à l'aventure, sans gouverne aucune, elle ne s'arrêtera pas aisément. De concession en concession, face à ce brûlot qui s'étend, il va tout céder et faire le lit du PCF. Du reste, nous n'allons pas tarder de voir les ouvriers dans la rue. Litanies revendicatives en tête... Grève générale et tout le tintouin... Et si le pouvoir échoit, en définitive, à Mendès, espérons que celui-ci ne finira pas comme Kerensky.

A pas comptés, elles s'en retournèrent dans le salon. Il restait encore un peu de thé. De la pointe d'un crayon, Betsy chassa les feuilles de menthe qui retenaient le liquide. Puis, elle le versa, à la manière marocaine, en levant le bec de sa théière.

— Vous restez à Paris, cet été ? demanda Coraline.

— Heureusement que non. Je n'ai qu'une hâte, fuir ce climat détestable.

La musicienne reposa sa tasse, précieusement. Elle buvait le thé dans la meilleure porcelaine. C'était un de ses rares goûts de luxe, les vêtements et la riche porcelaine. Elle possédait aussi une belle argenterie qu'elle sortait dans les grandes occasions. Et Coraline avait eu ce privilège de partager, avec elle et un petit nombre d'invités, trois ou quatre dîners raffinés. Elle en conservait encore un souvenir ému.

— On donne mes œuvres en août, au festival de Donaueschingen. Je me sens obligée d'y assister. Ne serait-ce que pour y apporter quelques commentaires. Les Allemands adorent ça, les conférences.

— Vous, seule ?

— Avec Stockhausen et son *Stimmung* qu'il est en train de composer. Ensuite, je passe au studio d'enregistrement de la WDR de Cologne. Et je me rends à Darmstadt, aux cours d'été, dans la deuxième quinzaine. Venez m'y rejoindre, si vous voulez. Vous y montrerez vos dernières créations. En disposez-vous, au moins ?

Coraline baissa la tête. Son dernier lied sur des poèmes de Saint-John Perse était toujours en chantier. Sur les dix-huit pièces d'*Éloges*, elle en avait composé six. Six seulement, en deux années de travail. C'était peu. D'une lenteur d'escargot. Bien qu'elle perdît son temps à se promettre d'avancer plus vite, désormais qu'elle avait trouvé le fil conducteur qui chaînait les œuvres l'une à l'autre. Encore faudrait-il que les événements me laissent en paix, pensa-t-elle. Ce n'est pas le cas. Tout se bouscule autour de moi, en moi. Et pendant ce temps, les jours passent, vides de sens.

Avec son instinct de femme et d'artiste clairvoyant et illuminé, Betsy avait jaugé chez sa voisine l'immensité de son désarroi. Coraline sentit qu'elle n'échapperait pas aux reproches, une fois encore, malgré son état spleenétique qui eût pu lui attirer un peu d'indulgence. Mais la musicienne était aussi intraitable pour elle-même. Cette fermeté de caractère lui avait permis, sans doute, de devenir une artiste de premier plan. Et ce qui valait pour elle valait pour tout le monde ; car elle avait la fierté de croire que l'obstination déplace les montagnes.

— Je vois bien que vous perdez votre temps à courir les rues, à souffler sur la flamme, avec vos camarades. Que de temps gâché, ma petite ! Que d'énergie dépensée en pure perte ! Vous ne gagnerez rien à cavaler derrière ces chimères. Cela ne fera pas avancer d'une note votre *Éloges*. Au contraire, la dissipation brûle votre inspiration. Ont-ils besoin de vous, les contestataires de mai ? Laissez-les donc se débattre avec leurs utopies. Et composez ! Composez sans frein, que diable ! Les lampions éteints, il ne leur restera rien, sinon l'orgueil d'avoir secoué la poussière d'une vieille république. Et vous, votre œuvre. Votre œuvre, seule, importe. Voilà comment il vous faut penser, désormais, si vous voulez que ce moment de votre vie conserve un sens.

VI

En quittant Betsy Liancourt, dans les feux du crépuscule qui aquarellaient le ciel de Paris d'un fond de teint rosé, Coraline avait retrouvé son allant. La conversation avait produit son effet magique, bien plus qu'avec deux capsules de Valium. Elle marchait à grands pas, et le trottoir qu'elle descendait vers Orsay lui faisait l'effet d'une voie royale qui la menait à sa table de travail, affranchie des contingences qui avaient empoisonné ses dernières heures. Elle prit juste le temps d'acheter un sandwich dans un snack de l'avenue Rapp et le dévora, chemin faisant, pour ne pas perdre de temps.

Dans son appartement, elle prit soin de n'allumer que la lampe du bureau. Sage précaution. Elle n'avait pas envie de se laisser impressionner par le reste du décor et son désordre ambiant: reliefs de repas, vêtements dispersés. Les signes même de sa dépression. Cette pagaille ne la concernait plus maintenant qu'elle était devenue une autre Coraline, regonflée et résolue. Elle s'assit à sa table, les mains tremblantes. Suis-je bien sûre d'avoir récupéré tous mes moyens ou ne s'agit-il que d'une illusion de plus? se demandait-elle en installant devant elle la partition. Elle serait vite fixée. Et la crainte, seule, ravageuse, qu'elle eût à échouer, encore une fois, lui taraudait l'estomac. D'expérience, elle savait qu'elle ne pourrait rien entreprendre de durable le doute chevillé au corps. Et le sentiment de l'échec serait encore plus terrible que se tenir un jour de plus à l'écart de l'ouvrage. Car ce repli sur soi, elle en avait déjà apprivoisé toutes les vicissitudes. Une seconde, une seconde seulement, elle se surprit à envier ses camarades qui arpentaient, à cette heure, les rues du Quartier latin, les flics aux trousses. Puis, les admonestations de Betsy lui revinrent en mémoire…

Enfance, mon amour! c'est le matin, ce sont des choses douces qui supplient, comme la haine de chanter… Son ouvrage avait buté sur ces mots. Alors, avec application, elle additionna ses notes, chiffra les mesures qui accompagnaient le défilement des syllabes, biffant d'un trait rageur, et reprenant deux fois, trois fois, gommant pour éviter les surcharges. Puis, elle alla vérifier les accords à son piano, cherchant le motif qui sonnait sur le mot *enfance*, celui qu'elle avait déjà traité dans le cinquième poème et qui réapparaîtrait ensuite, simplement cité, comme une paraphrase, dans le 8e chant. Elle le travailla, méticuleusement, en variations et variantes, pour en épuiser toutes les ressources, car il deviendrait à l'usage une des pièces maîtresses de l'ouvrage, la clé de voûte, l'ornement central, par lequel, sans doute, on retiendrait son œuvre de mémoire.

En moins de deux heures, par d'incessants aller-retour de la table au piano et du piano à la table, elle en vint à bout. Puis, après quelques ultimes retouches, elle se décida à le chantonner, ce lied un peu triste, en s'accompagnant au clavier d'une main hésitante. Elle n'était pas encore satisfaite. Quelques articulations faisaient défaut. Et la voix ou la note, parfois, butait sur un trait. Elle en améliora la fluidité, en ajoutant une appoggiature, un silence, un demi-ton, tout ce qui manquait en somme à sa musique pour qu'elle respirât mieux.

Puis, Coraline alla tirer, dans sa cuisine, un verre d'eau fraîche, en bousculant les assiettes sales qui encombraient l'évier. Elle but d'un trait en regardant, par la fenêtre ouverte, la nuit sur la ville. Si je n'avais pas été voir Betsy, pensa-t-elle, j'aurais encore perdu un jour. Et sa réaction lui parut dérisoire. Cela faisait des semaines qu'elle négligeait son ouvrage, sans état d'âme, en se demandant même si c'était, au fond, bien important d'écrire de la musique, ou plutôt si elle avait, en elle, quelque chose à donner qui fût essentiel. L'éclosion des événements n'avait fait que l'éloigner un peu plus de son travail, en mettant en relief la dimension négligeable du projet. Qu'est-ce qui serait le plus important ? Sa musique ou les événements ? En plaçant ainsi ces deux éléments en perspective, Coraline se privait de toute action, comme si l'un paralysait l'autre, alors qu'ils eussent dû se conforter.

Elle revint s'asseoir devant son piano et récita de mémoire les premiers mots du septième poème de Saint-John Perse : *Un peu de ciel bleuit au versant de nos ongles…* Elle articula le ver en détachant les syllabes et esquissa un accord en notes trébuchantes. Elle recommença une dizaine de fois. La cadence lui parut assez bonne. Alors, elle en chiffra les premières mesures, nerveusement, en cassant la mine de son crayon qu'elle jeta à travers la pièce.

En vérité, Coraline ne se sentait pas la force de conduire à son terme ce nouveau chant. Il n'était pas raisonnable de travailler de la sorte, à bride abattue, sinon céder à quelques automatismes médiocres. Mais, du moins, ce lui parut rassurant d'en composer l'entame. Ensuite, la nuit porterait conseil.

Tout sera achevé en août, se promit-elle, pour que Betsy puisse examiner l'ouvrage et, peut-être, le faire interpréter à Darmstadt ou à Cologne. Ça nécessite peu de moyen, un pianiste convenable et une soprano rouée à l'art du sprechgesang. L'œuvre se situerait donc entre *Le Pierrot lunaire* et *Le Marteau sans maître*. L'an passé, Coraline lui avait déjà montré les trois premiers chants. La musicienne les avait déchiffrés rapidement, en hochant la tête. « Ce n'est déjà pas si mal, avait-elle dit, mais j'ai une règle dans la vie, ne considérer la valeur d'une œuvre qu'achevée. Alors, ma petite, finissez votre *Éloges* et nous en reparlerons… » La réaction de Betsy Liancourt l'avait désarçonnée, elle qui attendait, fébrile et anxieuse, un avis autorisé. « Mais si ça ne vaut déjà rien, ce fragment, à quoi bon continuer et perdre son temps ? » avait clamé Coraline pour sa défense. La réflexion avait agacé Betsy. « Apprenez qu'on ne travaille jamais sans profit ! »

Elle éteignit sa lampe de bureau et s'allongea sur son divan. Il lui arrivait souvent d'y passer la nuit, dans un sommeil agité, entre deux rêves. Le lit de sa chambre, large et douillet, confortable en diable, était plutôt réservé aux nuits sans histoire, au sommeil profond qui ressemble à la mort. A cet instant, elle se trouvait trop angoissée pour s'y résoudre. Se mettre nue et y plonger tout entière lui parut une perspective insupportable. Alors, elle alluma son poste de radio, chassa les stations perturbatrices où on ne parlait que des événements, puis se cala, enfin, sur France-Musique et le *Quinzième Quatuor* de Beethoven.

⋆
⋆ ⋆

Zabelle et Frédérik vinrent annoncer la grande nouvelle, en claquant des mains. « La grève générale est décrétée pour vingt-quatre heures. » Coraline émergeait à peine de sa sieste. Elle avait passé une nuit entière à composer, puis elle avait décidé de prendre un peu de repos. Elle jeta un œil sur sa montre. Il était près de cinq heures de l'après-midi. Et elle accueillit sans plaisir l'intrusion de ses amis, préparée qu'elle était à séjourner de pleines semaines dans la solitude. Elle avait tout autant travaillé, sur elle-même, ce penchant que sa musique, celle-ci ne pouvant s'accomplir en dehors d'un état de quarantaine.

Avec force détails, Frédérik expliqua les causes du retournement de situation. Alors que le mouvement étudiant était en train de s'enliser, la grève générale lui redonnait, contre toute attente, un second souffle. C'était inespéré, tellement inespéré que chacun se demandait par quelle sorte de maladresse le pouvoir en était arrivé là. Fallait-il qu'il fût maladroit pour ranimer la flamme au moment où elle allait sans doute étouffer sous la cendre.

— Nous ne nous en plaindrons pas, jubilait Frédérik. Désormais, tout le pays est mobilisé. Les syndicats ont fini par prendre le train en marche, débordés par leur base.

Coraline songeait aux prédictions de Betsy Liancourt. « Nous n'allons pas tarder de voir les ouvriers dans la rue », avait-elle dit. Et elle ne s'était guère trompée, elle qui avait connu 36, la montée des périls, la démission des politiciens et la France livrée au sort de l'ennemi, sans ressort ni défense. Depuis ce jour, la musicienne ne réservait plus aucune confiance aux dirigeants quels qu'ils soient.

— Il n'y a pas de quoi s'exciter, rectifia Coraline.

— Quoi ? s'étonna Frédérik. Tu ne trouves pas que nous venons de remporter une grande victoire en entraînant le pays, en mouillant les syndicats et les partis de gauche ? Qui aurait pu penser, il y a seulement une semaine, que la contestation s'étendrait au-delà du Quartier latin ? Cela prouve que notre combat a une certaine légitimité. Sinon, le peuple n'aurait pas senti le besoin de le relayer.

— Je crois qu'il va être récupéré, ajouta Coraline. Récupéré au point qu'il ne nous appartiendra plus.

— C'est du délire, du délire, du délire ! fulmina Frédérik en tournant en rond dans ce salon à l'atmosphère feutrée.

Il s'y sentait oppressé, lui qui passait son temps dans les amphis à haranguer des foules, à faire et défaire des comités. Il avait déjà hâte d'y retourner pour savoir quelle nouvelle courait déjà les rues, quelle citadelle allait de nouveau tomber, quel ultime combat se profilait sur la ligne bleue des Vosges. Allait-on marcher sur l'Élysée ? Envahir l'Assemblée nationale ? Déclarer la naissance d'une nouvelle république ? Proclamer une constituante ? A moins qu'il ne fût question, pour l'instant, de discourir aux portes des usines ? Car avant que toute la classe ouvrière fût au coude à coude avec les étudiants, il y avait encore du pain sur la planche...

— Certes, reconnut Coraline, le mouvement s'élargit, mais il se dilue aussi. Et qui reconnaîtra les siens dans cette dilution ? Que restera-t-il de nos grands principes ? Ceux qui fondaient l'originalité de notre combat... Pourrons-nous supporter, sans dégoût, nos dirigeants assis à côté des responsables syndicaux et politiques, ceux-là mêmes que nous avons copieusement vilipendés hier pour leur tiédeur, leur reniement, leur lâcheté ? Jusqu'à ce que nous leur offrions le pouvoir. Et qu'un Mendès-France ou un Mitterrand s'en empare. Souffrirons-nous d'entendre de cette gauche-là : « Mes chers enfants, ça suffit maintenant ! Vous avez obtenu ce que vous désiriez. Alors, retournez dans vos universités et au travail » ?

Soudain, elle s'arrêta net. Avec un petit sourire contrit au coin des lèvres. Suis-je bête de m'emporter de la sorte, se dit-elle. A croire que je ne peux contenir mes pulsions ? Pourtant, je le sais, au fond de moi, qu'il n'y a rien à espérer, rien à gagner, rien à récolter, que des désillusions. Ma soif d'absolu est trop vaste. Et s'il est une victoire, elle se situe au fond de moi.

Jamais Coraline ne s'était sentie autant égoïste qu'en cet instant où, sans doute, on réclamait d'elle des sacrifices auxquels l'amitié de ses camarades était suspendue. Elle sentait bien que Zabelle et Frédérik la jugeaient durement de ne pas se joindre à leur enthousiasme. Elle gâchait la fête avec ses interrogations.

Sans doute, son amie, seule, lui réservait au passage quelques circonstances atténuantes. Coraline ne lui avait pas encore révélé ce qu'elle ferait de l'enfant... Mais son regard, chargé d'apitoiement et de silence, était insupportable. La pauvre ! Comment lui en vouloir ? Elle ne peut plus penser à autre chose, parce qu'elle n'arrive pas à prendre sa décision, semblait-il lui dire. Et Coraline n'osait plus la regarder en face. Ensemble, elles avaient épuisé le sujet. Et poursuivre le psychodrame au-delà eût été renoncer à son amour propre. Du reste, un tel dépouillement de soi n'aurait rien arrangé à ses affaires. Au contraire, on ne gagne rien à se torturer de la sorte, sinon l'insondable pitié dont elle avait horreur, autant pour elle-même que pour les autres.

Frédérik était impatient de retourner dans la rue, son seul domaine où la vie prenait tout sens. On l'attendait derrière les barricades. On l'attendait dans le comité d'action des Beaux-Arts. On avait besoin de lui pour continuer la lutte. Cet enrôlement seul lui importait. C'était la première fois dans sa vie qu'il se sentait utile à quelque chose, lui qui désespérait du monde, hier encore. Et sans le savoir, il rejoignait la grande armée des utopistes pour qui toute fin justifie les moyens, fussent-ils les plus aveugles, les plus insensés. Il n'avait pas envie de se laisser gagner par le doute, même s'il lui fallait abandonner sur le chemin quelques principes de raison. On verra bien ! disait-il. C'était devenu une de ses réflexions favorites, ce « on verra bien » qui consiste à suivre aveuglément la trajectoire de la pierre qu'on jette vers l'avenir sans savoir au juste où elle va retomber.

Coraline observait Frédérik aller et venir comme un chien enragé derrière son grillage. Il avait ce besoin de mordre à pleines dents qui le rendait hideux. Zabelle, elle-même, semblait manquer de lucidité. Comment ne voyait-elle pas le côté comique de la situation, avec son roquet échevelé pendu à ses basques ? Pourquoi le suivait-elle partout où il mettait un pas ? Elle l'avait habituée à plus d'indépendance d'esprit, elle qui se vantait hier encore de ne s'attacher à un garçon plus que le désir ne l'exige.

— Vous me fatiguez, tous les deux, dit Coraline en se prenant la tête dans les mains. Je ne vous reconnais plus, vous, mes amis. Quelle mouche vous a piqués ?

Zabelle se mit à rire. L'expression lui paraissait tellement décalée. Paris vibrait de passion pour ses nouveaux héros dont les visages s'étalaient à la une des journaux. Et son Frédérik leur ressemblait. Il possédait ce charme que l'excitation leur prêtait pour un temps, tant que nous en restions à la rhétorique pure. On admirait l'effronterie, l'insolence de ces jeunes. On se disait qu'ils avaient osé, eux, affronter un gouvernement arrogant et désuet avec la seule arme qu'ils possédaient, leur jeunesse. C'était une sorte de revanche des temps. Ils venaient venger des années d'humiliation, d'outrage, de soumission à un ordre établi, sans cœur et sans âme. Ils s'en étaient venus semer le désordre dans la cour des grands, sans politesse, ni retenue. Ils criaient, haut et fort, qu'ils n'étaient qu'un groupuscule, des juifs allemands, des enragés. Ils piégeaient le pouvoir dans ses propres contradictions avec une aisance qui eût fait pâlir le plus avisé des énarques. Ils ressemblaient à un avenir qu'on n'eût osé rêver. Et Zabelle ne comprenait pas que son amie fût insensible à ces nouveautés. Il lui paraissait même qu'elle en était détachée, qu'elle s'apprêtait à rendre les armes, après avoir compris qu'un régime en chasserait un autre et que le pouvoir, en définitive, échoirait à un politicien de circonstance. Il ne restait plus qu'à attendre la décomposition. Et de celle-ci surgirait, comme d'habitude, l'homme providentiel.

— Je ne supporte pas ton pessimisme, se rebella Zabelle. Sur le fond, tu es d'accord avec nous. Mais tu ne crois pas qu'un régime nouveau puisse éclore.

— Je m'en méfie comme de la peste, soupira Coraline. Mendès-France me paraît bien peu coriace. Cet homme-là n'a pas l'air de croire qu'il puisse servir à quelque chose, autrement que comme un recours transitoire. Quant à Mitterrand, c'est un ambitieux. Il ne songe qu'à son propre destin. S'il peut s'y incarner, alors il saisira l'opportunité, sinon il attendra son heure.

— Ni de Gaulle, ni Mendès, ni Mitterrand, clama Frédérik.

— Qui alors ? Cohn-Bendit ? Geismar ? Nous sommes en face d'un vide. Et le pouvoir a horreur du vide.

Frédérik avait déjà claqué la porte. Zabelle attendait, ne sachant trop ce qu'elle devait faire. Le suivre ou attendre ? Mais attendre quoi ?

— Tu ne rejoins pas ton héros ?

— Tu mériterais des gifles.

— Je voudrais bien voir ça !

Coraline retourna derrière sa table de travail. Zabelle feuilletait la partition.

— Et toi, pendant ce temps, tu écris de la musique.

— C'est tout ce que je sais faire.

— Je ne te comprends pas.

Elle jouait avec un crayon, à le faire tourner entre ses doigts. Chaque fois, par maladresse ou énervement, il retombait sur le bureau.

— J'ai besoin de terminer mon ouvrage avant l'été. Et les événements, au fond, je m'en fiche. Je n'ai pas envie de me faire tabasser. Je suis lâche.

— Je ne te crois pas.

— Oh si. Tellement lâche. Rue Gay-Lussac, j'ai vu comment les flics ont mis une fille. A poil. Ils la baladaient dans les rues. En l'humiliant avec leur bidule. Je ne supporterais pas qu'il m'arrive ça.

— Moi, fronda Zabelle, plus je prends des coups, plus j'ai envie d'en rendre.

— Ça ne te rendra pas plus libre.

— Frédérik dit qu'il faut avoir la haine de classe chevillée au corps. C'est la condition pour devenir un révolutionnaire.

—Tu ne lui ressembles pas malgré tous les efforts. Tu ne lui ressembleras jamais. Je te connais mieux que toi. Tu fais semblant de croire. Tu as envie de t'identifier à lui, mais ces histoires de maoïsme, tu n'y comprends rien. Il te manque la haine. Mais la haine n'a jamais rendu personne meilleur. Elle prête seulement le courage d'affronter les flics. Et moi, je n'ai pas envie de tomber dans ce cercle.

Zabelle ne voulait pas donner l'impression d'obéir à son amant, au doigt et à l'œil. Aussi, elle retardait l'instant de quitter le salon. Elle avait tant à dire à son amie, sachant peut-être qu'elle ne la reverrait pas avant longtemps. Quant à Coraline, elle n'avait rien à lui dire. Elle trouvait même le temps long et ne comprenait pas qu'elle ne fût pas déjà retournée à la rue. Qu'est-ce donc qui la retient près de moi ? se demandait-elle. De vieux souvenirs ? Une amitié menacée ? Le besoin de me parler ?

Izabelle savait que son amant ne s'était guère éloigné de l'immeuble, devant lequel, sans doute, il faisait les cent pas en maugréant. De ce côté-là, il n'y avait rien à craindre. Ils ne se quittaient plus depuis le début des événements, comme si ceux-ci étaient devenus le ciment indispensable à leur passion. Sans se l'avouer, évidemment, ils appréhendaient le moment où la fête se retirerait, les condamnant à se retrouver face à face, seuls. Qu'adviendrait-il alors de leur amour ? Histoire de se prêter, à peu de frais, quelques perspectives d'avenir, ils s'étaient promis un voyage à Venise. C'était plutôt à la mode, Venise ou Florence, en auto-stop, avec une guitare pour faire la manche.

— Tu as peut-être raison, admit Zabelle. Il n'y a rien à attendre de Mai 68.

Elle vint lui caresser une mèche de cheveux avec cette délicatesse dont elle faisait preuve dans les moments difficiles, comme si elle craignait toujours de laisser planer derrière elle des malentendus.

— Ne te crois pas obligée de dire ça. Tu ne le penses pas.

— Maintenant qu'il est parti, je peux bien te le dire. Ça n'engage que moi.

— Pourquoi te sens-tu le besoin de jouer cette comédie ?

— Tout le monde joue la comédie.

— Pas moi.

— En définitive, tu es la plus forte. Tu as toujours possédé un esprit indépendant. Quelque part, je t'envie.

— Qu'est-ce qui t'empêche de tout envoyer promener ?

Zabelle ne répondit pas. Ça ne l'embarrassait guère ce paquet de contradictions qu'elle traînait à ses basques. Elle avait le goût des rôles interchangeables, dont elle jouait à satiété. Ce lui paraissait même le comble de la féminité. Elle ne s'aimait pas assez pour croire que son opinion pût compter autrement que comme un élément décoratif dans un conciliabule. C'était tout dire. Elle singeait les discours de Frédérik, faute de les contester, et ce nouveau rôle, dans lequel elle s'était moulée, suffisait à son bonheur. Il lui donnait l'illusion d'exister. Et Coraline, en l'observant d'un regard froid et distant, subodorait que, dans un mois, dans un an, elle la retrouverait, sans doute, dans la peau d'un autre personnage et qu'elles évoqueraient alors le mois de mai 68 avec amusement.

— Ça me fait l'effet d'une veille de grandes vacances, ajouta Zabelle. On se sépare et on ne sait pas comment on se retrouvera.

Avec un crayon, finement taillé, Coraline redessinait les notes de sa partition qu'elle avait jetées sur le papier à la hâte.

— On se retrouvera, la rassura Coraline. Le monde n'est pas si vaste.

— Je sens que tu ne vas pas rester à Paris.

— Non, admit-elle. J'ai besoin de prendre du recul.

— En Corrèze ?

Coraline hocha la tête. Zabelle parut rassérénée.

— Je saurais où te trouver si j'ai besoin de toi.

— Tu n'auras pas besoin de moi.

Et elle lui fit un petit geste de la main, en remuant les doigts. C'était sa manière de dire adieu. La porte se referma, doucement. Coraline respira un grand coup.

Sur le rebord de son bureau, il y avait une lettre que Renaud avait laissée chez la concierge. Il n'avait pas osé monter jusqu'à son appartement. Il avait préféré la déposer, lâchement. Coraline l'avait considérée sur toutes les coutures, puis s'était décidée à ne pas l'ouvrir. Depuis, elle reposait près d'elle, comme un signe intangible.

VII

Debout, près du fourneau, sous la hotte en faïence, Adeline préparait la confiture de fraise dans un chaudron en cuivre. Coquetterie ou négligence, elle avait conservé sur la tête son grand chapeau de paille bordé d'un liseré noir. Elle tournait délicatement le liquide odorant avec une longue cuillère de bois, s'éloignant par instant pour effacer la buée qui brouillait sa vue. Avec le bas de son tablier blanc, maculé de pulpe rouge et de sirop, elle essuyait délicatement ses lunettes puis se rapprochait de son ouvrage par crainte que le fruit n'attache.

Coraline était entrée dans la cuisine, à pas de chatte, comme à son habitude. Elle aimait surprendre les gens dans leur occupation favorite. Ça l'amusait surtout, lorsqu'elle interceptait un monologue. C'était une des manies de sa mère de parler seule. Combien de fois, dans son enfance, avait-elle ainsi pénétré son intimité, au point de s'attirer mille reproches ? « Quand on entre dans une pièce, ma petite, on s'annonce. C'est la moindre des politesses. »

Adeline laissa le bouillon reprendre de la vigueur en augmentant le débit du gaz, jusqu'à ce qu'il se formât une écume rosée. Avec une passoire, elle ôta la mousse, délicatement, en deux ou trois passages, qu'elle versa dans le creux d'une casserole. Autrefois, sa mère devait se gendarmer pour qu'elle ne goûtât pas à cette mélasse sirupeuse. « C'est chaud, ma petite, tu vas attraper une colique… »

Toujours à pas feutrés, Coraline se rapprocha. Et lorsqu'elle fut derrière sa mère, à un pas seulement, elle huma la bonne odeur des fraises confites, en aspirant si fort qu'Adeline se retourna brutalement, laissant échapper de surprise sa cuillère sur le carrelage.

— Oh que tu m'as fait peur. C'est pas Dieu possible. Décidément, tu ne changeras pas, petite garce. Tu te rends compte… Ce vilain défaut ne te passera pas.

La jeune fille regardait sa mère avec attendrissement. En l'entendant pérorer, elle pensait qu'elle non plus ne changerait pas, avec sa manie de lui parler comme si elle était encore une petite fille. Adeline ne s'était jamais consolée de la voir grandir si vite, puis un jour disparaître de son champ de vision. Sans doute s'en était-elle fait une raison. On ne peut arrêter la course du temps. Et l'enfant qui grandit à deux pas de vous est le plus sûr et le plus impitoyable des repères. Souvent, Coraline avait surpris les traces de ce regret dans les lettres que sa mère lui adressait. La jeune fille faisait mine de les ignorer, décelant sans doute le danger qu'il y aurait à s'en apitoyer. Sa liberté exigeait qu'elle fût affranchie des liens du passé. Et elle avait tout fait, en temps utile, pour qu'ils ne se reforment pas, insidieusement, dans son dos.

— Tu aurais pu nous prévenir de ton arrivée. Quand même…

Elle ôta son chapeau et son tablier, confuse, les jeta en vrac sur une chaise. Coraline s'amusa de cette soudaine coquetterie. Que lui importait, au juste, qu'elle ne fût pas présentable, selon l'idée que sa chère mère se faisait du coquetisme en toutes circonstances. Depuis longtemps, elle avait deviné qu'Adeline tenait à son rang de bourgeoise avec toute la panoplie qui allait avec : les femmes de ménage, l'usage des cosmétiques, la visite régulière chez la coiffeuse, la garde-robe, etc. Et si elle s'adonnait au plaisir du jardinage et de la cuisine, c'était juste pour occuper son temps, car elle le disait assez qu'on avait les moyens, à La Nadalie, de vivre sur un grand pied. Tel n'était pas l'avis du docteur Fayolle qui détestait, par principe, qu'on jette l'argent par les fenêtres pour ces orgueilleuses futilités.

— Tu joues à la dînette, ma chère petite maman, ironisa Coraline.

Sa mère fronça les sourcils. C'était le genre d'humour qui la braquait aisément et dont elle avait dû se faire une raison avec l'insolence de sa fille, acquise au contact des nouvelles générations, de celles qui, par devoir, se raillent des vieux principes.

— Je ne laisserai à personne le soin de faire cuire mes confitures. Tu les aimes bien, n'est-ce pas ? Crois-tu qu'elles seraient aussi goûteuses avec Noémie ? Tu la connais, Noémie ? C'est une bonne cuisinière, certes, mais elle les fait trop cuire, comme toutes les femmes du pays. Ça n'a plus alors qu'un goût de pâte de fruit. Tu vois ce que je veux dire ?

— Mais oui, maman. Tes confitures sont divines. Tout le monde le sait. Tu vois, je ne les ai pas oubliées. Tu devrais être contente et rassurée. Ça prouve que je pense à toi.

Adeline serra sa fille contre son cœur.

— Je suis surtout contente de te voir. Comme je me suis fait de la peine avec toutes ces histoires du Quartier latin. Tu es restée à l'écart, au moins ? Je n'en doute pas.

Elle sentit que sa mère n'avait pas envie d'entendre, pour l'instant du moins, la moindre réponse, mais seulement de goûter la joie des retrouvailles.

— Tu aurais pu nous prévenir, quand même. Ton père n'est même pas là.

— Où est-il ?

— Au village, peut-être.

Adeline regarda sa montre. Il était ordonné, cet homme, au point qu'on pouvait le suivre à la trace, au fil des heures. Il avait organisé son temps avec des trajets à heure fixe, toujours les mêmes. Le matin, consultations, tournées… L'après-midi, visite à son vieil ami Lacaux, notaire à Objat. Juste pour le plaisir d'une bonne discussion. Un seul sujet à l'ordre du jour, toujours le même, indubitablement : la politique et l'air du temps…

— Ah non, rectifia-t-elle. Il est chez Joseph. Ces deux-là sont inséparables. Tu le sais, sans doute, ils se trouvent tellement de points communs. Ça refait le monde, comme seuls les hommes savent le faire, en paroles. En ce moment, je me suis laissé dire qu'il y a fort à faire. Mais je doute qu'on leur demande, à ces vieux birbes, de reprendre du service… La politique, c'est une plaie, un mal français, une peste… Et j'avoue que tout ça m'ennuie, prodigieusement. Alors, je fais des confitures.

Peu à peu, Coraline reprit possession de son domaine. Elle le retrouvait tel qu'elle l'avait laissé. Pas un objet n'avait changé de place. Adeline avait maintenu sa chambre en l'état, avec la poussière en moins. Ça avait un avant-goût de musée, cette adoration. Et elle ressentit une forte lassitude en tombant d'une masse sur son lit. Elle pensait à ses amis parisiens, se demandait ce qu'ils faisaient, maintenant, si elle avait bien eu raison de tout lâcher. Le mot « fuite » lui vint à l'esprit. Mais il ne recouvrait aucune réalité. Non, elle n'avait pas fui. Tout juste avait-elle pris congé des événements pour avoir du recul, du recul pour elle-même, seulement, en égoïste. Le bruit et la fureur lui cachaient la juste proportion des faits. Elle n'arrivait plus à se concentrer sur la moindre idée que, déjà, la vague l'emportait, sans coup férir, et s'interrogeait aussitôt pour savoir ce qu'elle faisait là au milieu de ce tumulte. Alors, elle avait décidé de se reculer du tableau, pour ne plus se laisser distraire par les infimes détails perturbateurs et juger enfin de l'ensemble, froidement. Elle imagina alors que tous les acteurs de cette histoire devaient éprouver le même sentiment, qu'elle ne pouvait être la seule à ressentir ce désarroi. Mais le pouvaient-ils, prendre du champ pour réfléchir, englués qu'ils étaient dans le mouvement général. C'était cela qu'elle ne voulait plus, être seulement une pièce du puzzle que l'histoire façonnait à sa guise.

De la situation présente, que savait-elle au juste ? Seulement ce qu'elle avait entendu à la radio dans le taxi entre Brive et Galiane-sur-Sévère. Grève sauvage aux usines Renault de Cléon et Flins. Occupation de l'Odéon par les étudiants. Manifestation à la gare de Lyon et nouvelle nuit des barricades. Arrivée d'un régiment de parachutistes au camp de Frileuse... L'enlisement, en somme. Et le chauffeur du taxi avait eu des mots très durs pour les étudiants. « Mais qu'attendent-ils pour taper dans le tas ? » Taper dans le tas, tel était désormais le credo des Français agacés de ne plus trouver de l'essence pour remplir le réservoir de leurs voitures.

*
* *

Confortablement installée dans la bibliothèque, Adeline lisait les premières pages d'un gros roman qu'elle avait acheté à La Hune, juste avant de quitter Paris. C'était *Belle du Seigneur* d'Albert Cohen. Soudain, son attention fut dissipée par un crissement de pneus sur le gravier du parc. Franck Fayolle se dirigea aussitôt vers elle et l'embrassa, selon son habitude, sèchement, comme il eût fait avec une simple amie. Il n'y avait aucune émotion apparente sur ce visage un peu rond. Le médecin était ainsi, avare d'effusions sentimentales. Il alla ensuite déposer sa sacoche noire sur le bureau et alluma la lampe.

— Tu as déserté le Quartier latin, ma jolie. Pour nous voir ? C'est une grande nouvelle.

Adeline entra à son tour. Elle avait passé pour la circonstance une robe à fleurs qui détonnait avec le gris platiné de ses cheveux.

— Vous n'allez pas commencer, mon ami ! Ce soir, trêve de provocations…

Le docteur sourit aimablement. L'estocade était d'un genre habituel. Au retour de ses escapades, elle possédait, en réserve, de belles phrases assassines, comme si elle voulait lui faire payer le prix de sa solitude. Elle se refusait à admettre qu'il ne restât pas en place, cet homme-là, lui préférant la compagnie d'un Joseph Lacaux.

— Tu exagères, maman, défendit Coraline. Il ne m'a rien dit de provocant.

— Alors ? constata Fayolle. C'est ta fille qui le dit.

Il employait souvent ce possessif « ta fille », à dessein, histoire de rappeler que Coraline était bien *sa* fille à cent pour cent et que lui n'était au fond qu'un père d'état civil. Sans doute était-ce le grand chagrin de sa vie. Un soir, durant les années de guerre, un étranger s'était installé à La Nadalie pour s'y cacher. Et il avait laissé à Adeline ce joli cadeau, dont le médecin avait hérité, sans regret.

Adeline ne prêtait guère plus d'attention à ces détails. Ceux-ci faisaient partie des meubles, de l'histoire des familles, et on avait tiré un trait dessus d'un commun accord. Sinon, parfois, quelques remugles sourdaient du silence.

Franck attendait que Coraline vînt lui servir un whisky bien tassé, un de ces whiskies qu'on lui mesurait en temps ordinaire. Elle sacrifia au rite, sous le regard amusé de sa mère.

— Vous en avez de la chance, dit-elle. Ce soir est un soir exceptionnel.

— Eh oui, soupira Franck, je profite de la situation. Ma petite Coraline vient dorloter son cher papa fatigué.

Il faisait cogner les glaçons contre le verre. C'était une musique qu'il aimait bien, un air de fête.

— Moi aussi, finalement, je boirais bien quelque chose, supplia Adeline.

On lui servit un porto sans glaçon qu'elle but du bout des lèvres. Elle n'aimait pas les apéritifs, ni les vins du reste, mais la fête méritait bien un sacrifice.

— Que ne buvez-vous plus souvent, dit Franck. Avec la tension artérielle que vous avez… Douze-six. A votre place, je ne m'en priverais pas.

— Vous ne pouvez en dire autant.

— Seize-neuf, déplora le médecin. C'est tout vu, je finirai comme mon père, d'une embolie cérébrale. Autant qu'elle soit foudroyante, pour le coup, car je ne voudrais pas vous occasionner le désagrément de me voiturer dans un fauteuil.

Coraline haussa les épaules.

— Ce n'est pas Dieu possible d'avoir des conversations pareilles. Vous parlez comme des petits vieux. C'est affligeant.

— Non, ma chère fille, reprit le médecin, c'est de l'humour. Dans la vie des couples, il y a le temps des amours et le temps des humours. Nous sommes parvenus à cette étape déclinante.

— Papa ! déplora Coraline. Cette âcreté ne te ressemble pas.

Ils trinquèrent sur un grand silence. Coraline jouait avec les pages de son livre, qu'elle faisait défiler entre ses doigts.

— Si nous parlions plutôt de toi ? proposa Franck qui avait déjà vidé son verre et qui en était encombré, faute qu'une main charitable le lui remplît de nouveau.

Adeline restait debout près du bureau. C'était sa place habituelle. Elle en aimait la perspective avec vue sur la bibliothèque, les grands vases de Chine, — de purs Ming patinés de soie, — et la porte-fenêtre qui donnait sur le parc dans le soir déclinant. Fayolle tournait le dos au spectacle. Ça ne l'intéressait guère ces émotions. Lui, son domaine, c'était celui de l'intériorité, la belle mécanique pensante par laquelle on démontait l'ordre apparent et sensible du monde. Il lisait tard dans la nuit, avec des angoisses au ventre qui lui interdisaient le sommeil. Il pensait à ses malades, aux cancers qui dévoraient les corps, aux dépérissements des âmes, aux morts qu'il visitait pour remplir le certificat final. Et, histoire de se rassurer, il se découvrait peu de dispositions pour cette vocation qui eût exigé de lui plus d'indifférence et de mépris. Mais le destin en avait décidé autrement. Il n'était plus d'un âge où l'on se remet en question.

A la Libération, une carrière politique l'avait tenté. La reconstruction de la France, c'était un noble projet, d'autant qu'il s'était forgé, dans le milieu gaulliste, un beau réseau de connaissances. Mais le départ du général, en 1945, avait ruiné ses ambitions. Il ne s'était senti aucune affinité avec le MRP ou les autres partis qui gravitaient dans cette sphère. La preuve, il avait même raté son élection à la mairie de Galiane-sur-Sévère. Un comble de maladresse et d'inadaptation. Mais, présentement, le docteur Fayolle n'éprouvait plus aucun regret. Il n'aimait pas ce que la France était devenue, frileusement européenne, revendicative, conservatrice et franchouillarde. L'esprit, qui avait animé, jadis, les réseaux de la Résistance, se trouvait désormais ruiné par l'obsession des indices du PNB et de la gravitation du franc. Peu à peu, avec un de Gaulle vieillissant, elle retournait à ses vieux démons d'avant-guerre.

Coraline sentit confusément qu'elle devait éluder la question.

— De moi? Je n'ai vraiment rien à dire, marmonna-t-elle en fixant le tapis persan qui recouvrait le plancher de la bibliothèque.

— Écris-tu toujours de la musique? Tu ne nous en dis rien dans tes lettres. Des lettres? s'étonna-t-il. Lorsque tu consens à nous en envoyer.

— Oui, je compose. Et cet été, je compte me rendre à Cologne.

— Cologne? Pourquoi Cologne?

— La WDR y possède un des meilleurs studios d'enregistrement d'Europe. C'est un lieu magique, un temple d'expérimentation. On y sanctifie la musique contemporaine comme nulle part ailleurs. Et sûrement pas en France où cette musique est méprisée. Le Domaine musical a refusé mes *Six pièces pour violon*.

— Pourquoi cela ? Elles n'étaient pas bonnes ?

— Parce qu'on pratique en France un terrorisme intellectuel affligeant. Si l'on ne fait pas partie du petit cercle, on n'a aucun droit de cité.

— Mais tout ça va changer, ironisa Fayolle. Tes amis sont dans la rue. Tous les rêves sont permis.

— Vous m'aviez promis d'éviter ces questions, coupa Adeline.

Le médecin se retourna vers sa femme, courroucé.

— Vous ne me ferez pas taire, bon Dieu, alors que nous traversons une situation insurrectionnelle. S'il est un moment où l'on doit s'interroger sur l'avenir de ce vieux pays, c'est bien maintenant.

Coraline hocha la tête. Elle avait envie de lui donner raison. Ce qu'elle avait vu, vécu, s'apparentait à une révolution, avec des morts en moins. Peut-être était-ce la seule différence avec les autres révolutions, les morts. Et le fait singulier qu'il n'y avait plus de bastilles à prendre. La Sorbonne ? Elle était retournée à ses étudiants. L'Odéon ? Qu'allait-on en faire, au juste ? Quant aux palais institutionnels, à quoi bon s'en saisir, puisqu'on n'avait rien à y faire, aucun programme en vue ? Autant dire qu'il s'agissait d'une révolution sans perspective, une révolution sans décrets, ni lois. Une révolution sans lendemain.

— Crois-tu que de Gaulle va faire donner ses parachutistes ? demanda Coraline.

Fayolle croisait et décroisait les doigts. Il ne savait, au juste, ce que pensait le vieux général dans sa tour d'ivoire. Il avait beau scruter ses faits et gestes, dans les journaux, à la télévision, s'informer auprès de ses compagnons gaullistes, rien ne transparaissait de ce masque hiératique.

— De Gaulle ne comprend plus rien à ce qui se passe. Son pays lui échappe. Et j'imagine qu'il est partagé entre le dégoût et le devoir. Le dégoût le pousse à partir. Et le devoir à rester, jusqu'à ce que la situation retourne à la normale. Quant à l'usage des armes, c'est une tentation facile pour un militaire. Mais il connaît son histoire mieux que quiconque. Il sait ce que coûte une telle aventure. D'autres ont payé avant lui pour apprendre. Et on ne tire pas sur sa jeunesse, quoi qu'on en pense. Qui plus est, une jeunesse aux mains nues. A-t-elle menacé une seule seconde les fondements de la République ? J'en doute. Les ministères, le Parlement, tout cela fonctionne encore. Il n'est pas nécessaire que la rue soit dégagée pour que le pays vaque à ses occupations. Plus préoccupante est la grève générale, l'occupation des usines, le pays soumis aux diktats des syndicats et des communistes. Mais pour se libérer des entraves, il suffit d'ouvrir la porte des négociations et de tout céder. L'ouvrier y retrouvera sa sérénité, car il est peu probable qu'il veuille tenter quelque aventure. A cette besogne, Pompidou s'y emploie. On va augmenter les salaires, faire tourner la planche à billets et rattraper tout ça, en quelques années, par une bonne inflation. Poincaré était passé maître dans cet art. Pompidou est une sorte de Poincaré, ça tombe bien. Mais je doute que le général se résigne à cette situation. Alors, il partira, lorsque le moment sera venu.

— Papa ! Les parachutistes sont aux portes de Paris. Ce n'est pas pour du beurre.

Fayolle s'amusait des craintes de sa fille. Et il se disait que la chose était bienvenue puisqu'elle provoquait une telle réaction.

— C'est le côté Machiavel du général. Les parachutistes lui servent d'épouvantail. Comme s'il lui suffisait de les montrer pour engendrer la crainte. Mais ils resteront l'arme au pied.

— Tu es bien optimiste.

— Oh non. Car il y aura pire que les parachutistes. Les faux espoirs des accords de Grenelle. Et son corollaire : la crise, lourde et longue, dévastatrice.

Il avait prononcé ces mots avec solennité. C'était sa revanche de gaulliste, floué dans ses rêves, que d'imaginer un futur désenchanté. Il avait passé des après-midi entiers à en discuter avec son ami Joseph Lacaux. Le notaire était aussi un gaulliste, un gaulliste de 58, — pendant l'Occupation, il n'avait guère fréquenté la Résistance, tout au plus s'était-il contenté de traverser les événements sans dégâts, comme quarante millions de Français. Mais les deux hommes se retrouvaient quand il s'agissait de réfuter les deux extrêmes de l'idéologie française : la tentation utopiste et le mirage du capitalisme libéral. Ils rêvaient d'une société forte, telle que l'avait forgée le général, assise sur ses certitudes de grande puissance, capable de résister aux appétits des deux grands blocs qui espéraient, comme toujours, démembrer une Europe malade de sa désunion. A leurs yeux, de Gaulle incarnait cette force morale, cette foi inébranlable en l'avenir. Aussi étaient-ils ébahis, ébaubis, de voir qu'une poignée d'agitateurs, une meute de jeunes présomptueux, fût capable de bouleverser ce vieux dessein français, maurrassien.

Franck avait rangé sa fille dans le camp des pourfendeurs de l'ordre sacré. Pourtant, il n'avait eu, avec elle, aucune conversation sérieuse pour étayer son jugement. Son *a priori* s'était fondé sur un principe simple. Elle a l'âge des rebelles. Elle est une intellectuelle. Et la Sorbonne, seule, lui a inoculé le virus. Ça suffit pour en faire une enragée. Cette théorie naïve relevait du concept hétérodoxe de la génération spontanée. Mais du moins en aimait-il le postulat réducteur. C'était rassurant. Il suffirait donc de disperser les causes pour en annihiler les effets. On ferme la Sorbonne pour éteindre le foyer infectieux, on disperse le mal, on le circonscrit au seul périmètre du Quartier latin, et ainsi on évite que la contagion se propage à tout le corps social.

Coraline écoutait sans ciller sa leçon de morale. Elle n'en attendait guère plus. Une de plus. Contrairement aux autres fois, il ne s'agissait pas seulement d'exalter les vertus du travail ou la constance dans les actions de la vie, mais de suivre docilement les prescriptions d'un pouvoir infaillible. Agacée par ce déferlement verbal, Adeline s'interposa. Elle ne prisait guère de Gaulle, le de Gaulle de 58, précisément, calculateur, machiavélique, artificieux, quinteux. Elle n'avait pas aimé la façon contournée avec laquelle il avait réglé la crise algérienne, et encore moins la manière dont il avait fait approuver sa constitution en jouant sur la peur des Français.

— Je n'approuve pas votre général, lança-t-elle. Vous le savez. Cet homme a fait son temps, il me semble. Et le désordre qui s'installe est la preuve qu'il n'a plus assez d'autorité, qu'il ne sait pas trouver les mots que tous ces jeunes ont envie d'entendre ; au lieu de cela, il les menace avec ses articles de constitution.

Fayolle se fichait éperdument des opinions de son épouse. Du reste, il jugeait les femmes inaptes à parler de ces choses et s'étonnait chaque fois que le vieux eût eu cette faiblesse de leur accorder le droit de vote. Il la fixa d'un air hautain, un de ces airs qu'elle n'appréciait guère et dont elle se vengeait ensuite, par phrases assassines, chaque fois que la situation lui en donnait l'occasion.

— L'autorité de l'État ne se discute pas, trancha le médecin. Sinon on en perd l'usage. Et de Gaulle ne faillira pas sur ce terrain. Et si d'aventure ces petits excités arrivent à leur fin, alors il s'en remettra à la souveraineté du peuple.

— Voyez. Vous parlez comme lui. Le droit ! La légitimité ! Ainsi, la société se trouve bloquée à se soumettre ou à se démettre. Mais lorsque toute une société n'a plus d'autre choix que se soumettre, comment appelez-vous cela, mon bon ami ? Une dictature ?

— Quelle exagération ! s'éleva Fayolle. De Gaulle n'est pas un dictateur. Il fera appel au peuple. Et celui-ci le confirmera, une fois encore.

— Alors, s'interposa Coraline, de Gaulle doit arrêter la répression sans délai et s'en remettre au jugement des Français.

— Comment le pourrait-il alors que les enragés menacent la paix publique ? Il lui faut d'abord rétablir l'ordre avant de procéder à des élections dans la sérénité.

— A-t-il rétabli l'ordre en Algérie, avant de lancer son référendum ? lança Coraline.

— Il a agi en état d'urgence. Et il ne pouvait rien faire d'autre pour arrêter le conflit, alors qu'il se trouvait pris en tenaille entre deux factions hostiles. Révise un peu ton histoire, ma petite…

— Quelle mouche vous a piqué ? se dressa Adeline. Notre fille a bien le droit d'avoir une opinion qui diffère de la vôtre… Il faudra vous habituer, mon cher Franck. Désormais, vous aurez deux frondeuses à la maison.

La réflexion amusa Coraline. Il n'était pas sûr que sa mère fût partisane des contestataires, du moins de cette sorte de contestation à laquelle, à vrai dire, elle ne comprenait pas grand-chose. Mais elle l'était, elle-même, d'une autre manière, dans sa façon de relever le gant chaque fois que son mari faisait preuve d'un peu trop d'autorité.

— Mais, maman, insista Coraline, je n'ai rien dit qui puisse laisser penser que je soutienne à cent pour cent les mouvements du Quartier latin...

Coraline n'avait pas envie de batailler sur ce terrain. Elle ne se sentait pas assez engagée dans les événements pour en devenir l'avocate zélée. Sa conversation avec Betsy Liancourt avait tempéré son jugement. Et Fayolle perçut, comme une première victoire, son hésitation. Elle ne veut pas m'affronter, se dit-il, car ses arguments ne sont pas assez affûtés. Voilà la vérité. Et il feignit alors de retrouver une sérénité qui ne lui était pas coutumière. Sa main se saisit de celle de Coraline et il y apporta, affectueusement, les lèvres.

— Loin de moi l'idée de causer la moindre peine.

Adeline n'appréciait guère ses volte-face. C'était son côté « fin politique » dont il usait volontiers dans la joute oratoire lorsqu'il était enfin assuré d'avoir le dessus. Et le désarroi de sa fille lui était assurément le plus grand des réconforts. A chaque jour suffit sa peine, songea-t-il, et demain nous nous remettrons à l'ouvrage.

*
* *

Plus que par les événements eux-mêmes, plus que par l'horreur que lui inspiraient encore les humiliations policières, Coraline était tout entière accaparée par l'enfant qu'elle portait. L'éloignement de Paris n'avait apporté aucune solution. Pourtant, elle avait cru que ce recul lui donnerait le courage d'en parler à sa mère, à son père. Mais elle ne trouva pas une seconde disponible pour un tel aveu. Au contraire, les premières conversations furent parasitées par la grande affaire qui secouait le pays. Et elle pronostiqua qu'il en serait ainsi, les heures et les jours prochains, à mesure que la situation se modifierait, avec une pléthore de discours emphatiques, de supputations douteuses, d'assertions sentencieuses... Rien qui ne serait de nature à favoriser les confidences.

Retirée dans sa chambre, au milieu des objets qui avaient peuplé son enfance, elle retrouva une vieille compagnie, la solitude, dont elle s'était pourtant crue délivrée en quittant, jadis, La Nadalie, pour le Conservatoire de musique. Celle-ci avait été la grande maladie de ses jeunes années, et longtemps elle avait cru ne jamais s'en défaire, comme une fatalité, lorsqu'un train pour Paris l'en avait délivrée. Elle ne pouvait repenser à ce temps de valse-hésitation sans frissonner. Il avait d'abord fallu convaincre Franck de l'utilité des études musicales. Il la voyait plutôt inscrite dans une de ces facultés de province, telles que Limoges, Clermont-Ferrand ou Bordeaux. En ces heures décisives, Adeline avait apporté à sa fille un soutien sans faille. Paris, selon elle, il n'y avait rien de mieux. Et Fayolle céda à la pression de sa femme : après tout, il ne pouvait exercer qu'un droit limité sur Coraline, ce qu'elle lui fit sentir avec la plus vive fermeté. En repensant à ces instants où, jadis, elle avait pris congé de la Corrèze, elle mesura le chemin parcouru : son deuxième prix de violon, le renoncement à une carrière de soliste, ses débuts à la Sorbonne, les conseils attentifs de Betsy Liancourt... On a logé en moi une confiance absolue que j'ai trahie, déplora-t-elle en allant de sa fenêtre au lit, une confiance que je ne méritais pas. Elle ne pouvait s'empêcher de marcher, comme un animal en cage. Elle se sentait captive d'une situation dont elle ne savait plus comment démêler les écheveaux. Il y avait, sans doute, un moyen radical de s'en défaire, mais elle ne voulait pas faire de peine à Adeline, et encore moins à son père, en annonçant la nouvelle tout de go. Ils n'étaient pas disposés à l'entendre. Cela, elle l'avait compris, dès son arrivée à La Nadalie.

A cet instant, Coraline sentit que, seule, la présence rassurante et volontaire d'Izabelle eût pu terrasser en elle le sentiment de culpabilité qui commençait à l'envahir. Mais elle était si loin, tout entière accaparée par son nouvel héros. Pourtant, ses paroles offensives lui revinrent en mémoire, celles qu'elle avait prononcées dans sa cuisine, rue Camou. C'était la voix même de la raison, la raison des femmes contre toutes les autres raisons. Et ce lui fut un grand réconfort que de recomposer dans sa mémoire chaque seconde de cette conversation. Elle en vint à regretter leur séparation hâtive. Un péché d'orgueil, jugea-t-elle. Comment ai-je pu imaginer un seul instant que je pouvais m'en sortir, seule, de cette affaire, comme une grande fille. J'ai cru naïvement que la fuite allait me redonner le courage qui me manquait à Paris. Elle ne fut qu'un prétexte à mon éloignement. On croit quitter une situation inextricable en se disant qu'en un autre lieu, un autre temps, tout se déliera différemment, alors qu'on retrouve les problèmes dans l'état même où ils furent abandonnés.

Coraline jugea que le jour était suffisamment avancé pour se risquer dans la cuisine. Sa mère y avait préparé un petit déjeuner copieux, comme à son habitude. Elles prirent place sur la terrasse, déjà inondée de soleil. Il y avait juste un petit vent sec qui avait chassé les brumes matinales vers le creux des vallons, vers la Gane et sa forêt épaisse. L'air était limpide et bleu, tel qu'elle l'imaginait à Paris, ce ciel de Corrèze. Il y avait même une petite odeur d'herbe coupée. L'agriculteur, qui entretenait le parc, avait commencé à faucher les abords. Et dans la rosée du matin, pieds nus dans ses sabots de bois, il avançait sa besogne d'un balancement régulier. Les coups de faux tranchant à vif les touffes émaillées de blanc et d'or, de marguerites et de renoncules, faisaient comme un halètement. De temps à autre, il reprenait sa respiration en renversant l'outil, la lame en l'air lui servant d'appui. Et d'un geste prudent, du bout des doigts, il effaçait les brins d'herbe agglomérés sur le coupant, tâtait le fil pour juger s'il devait y ajouter un petit coup de pierre. C'était souvent le cas, en ces endroits proches des murs où la végétation était rude. Les tiges revêches des orties, de la tanaisie et des carottes sauvages venaient vite à bout de la faux, trop longue et fine pour cet usage.

— Que pense-t-il des événements, lui ? demanda Coraline. Voilà qui serait instructif.

Et, l'image de Frédérik, faisant virevolter ses longues mèches de cheveux dans la vaine agitation qui le possédait, lui vint à l'esprit. Coraline en sourit, un peu, discrètement pour le coup, car elle n'avait pas envie de répondre à des questions qui brûlaient les lèvres de sa mère.

Adeline avait longuement réfléchi à la conversation de la veille. Et elle ne pouvait croire que sa fille fût si éloignée des événements qu'elle le disait.

— Va donc le lui demander ! fit-elle sans même lever les yeux de la tartine qu'elle était en train de beurrer.

Coraline saisit tout ce qu'il y avait de malicieux dans cette réaction. Georges Lafaisse savait-il seulement ce qui se passait à Paris, avait-il conscience de la gravité de la situation ? Il n'éprouvait d'intérêt que pour son horizon et celui-ci s'arrêtait aux limites de ses terres. S'il lisait les journaux, ce n'était que pour surveiller la rubrique des avis d'obsèques, pour ne pas rater l'enterrement d'un voisin, d'un ami. La vie de Georges Lafaisse était rythmée par ces seuls événements, à la mesure de son destin. Ce n'était pourtant pas la peine de faire un dessin. Comment Coraline pouvait-elle avoir déjà oublié des idées aussi simples sur les gens du village ?

— Je doute qu'il te renseigne, ajouta-t-elle. Georges se fiche bien des pénuries de carburant qui semblent pourtant tellement intéresser les journalistes. Il ne dispose que d'un petit tracteur. Et ça fait belle lurette que notre paysan a constitué sa réserve. Il se dit que ça ne pourra pas être pire que sous l'Occupation. Et quant au reste, les Parisiens mourront de faim avant nous. Les caves, les celliers, regorgent de marchandises. Nos jardins commencent à donner à plein. La grève générale n'a pas l'air de les affecter beaucoup. Il y a eu des pluies abondantes au bon moment. Et les gelées de mars n'ont causé que peu de dégâts. Maintenant, le soleil est de la partie. Ça pousse à tout va.

Coraline s'était interrogée plus pour Frédérik que pour elle-même. Car elle n'avait pas besoin d'être rassurée. A cet instant, elle eût tellement voulu qu'ils fussent là, ses camarades, à entendre le diagnostic de sa mère. Ces vérités leur eussent aussitôt remis les idées à l'endroit.

— C'est pourquoi de Gaulle finira par emporter la partie, jugea Adeline. Franck a raison. Et tu peux croire que cette évidence m'enrage.

— Tous les deux, vous êtes toujours comme chien et chat.

— C'était déjà ainsi quand tu es partie. Pourquoi voudrais-tu que cela ait changé ? Et puis, à la longue, c'est devenu une sorte de jeu, entre nous. Peut-être ne faut-il pas prendre tout ça au sérieux…

Elles goûtèrent la confiture de fraise. Il lui manquait juste la patine du temps.

— Il faut la laisser reposer, maintenant, jugea Adeline en piochant dans le pot de pleines cuillerées. En août, je ferai de la mirabelle. L'arbre des communs en est farci.

Les communs, c'étaient les dépendances, à l'époque où les anciens propriétaires de La Nadalie logeaient leurs journaliers. Cette partie du domaine était abandonnée aux lapins de garenne. Autrefois, Franck avait essayé d'y faire un élevage de poules. Les renards et les fouines l'en avaient vite dissuadé. La forêt voisine regorgeait de sauvagine. Et à tout prendre, le médecin préférait encore cette faune à celle des gallinacés. Jamais, du reste, il n'eût trouvé le courage de saigner sa volaille.

Un instant, Coraline crut que le silence, qui venait de s'installer, était propice à un aveu. Pourtant, ce n'était pas si difficile de dire qu'elle était enceinte. Adeline n'était pas l'ogresse qu'on eût pu craindre. Elle n'avait rien de la bourgeoise coincée. Sa vie durant, elle avait fait montre d'un esprit ouvert sur les choses de la vie. Et ce qui arrivait aujourd'hui à sa fille ne faisait-il pas partie de l'histoire des femmes, à toutes les époques ? Mais Coraline hésita encore. Je viens à peine d'arriver à La Nadalie et voilà que j'annonce la couleur. En fait, il lui était difficile de s'avouer qu'elle avait peur des réactions de sa mère. Celle-ci avait une si haute idée de sa fille, une si grande confiance, qu'elle n'avait pas envie de décevoir, de briser ce calme qui régnait autour.

— Le collègue de papa est bien toujours installé à Objat ?

— Tu veux parler du docteur Durieux ?

— Oui, Laurent Durieux.

— Pourquoi ? Tu es malade ? soupçonna Adeline. Si tu es malade, tu pourrais en parler à ton père.

— Non. Rien de sérieux, fit Coraline dont les joues rosissaient à vue d'œil. Et puis, je n'ai pas envie de me laisser examiner par Franck. Tu peux comprendre ça ?

— Quoi ? s'étonna Adeline. Il a soigné tes oreillons, ta rougeole, tes angines. Tu te souviens de tes angines à répétition ?

— Maman ! insista Coraline. Je n'ai plus cinq ans.

VIII

Laurent Durieux fit claquer sèchement sur sa peau le gant de latex, puis le retroussa d'un geste vif et le laissa tomber, à ses pieds, dans la corbeille. Il observait Coraline d'un air songeur.

— De nos jours, les tests sont fiables, confirma-t-il en tapotant la cuisse de sa patiente.

Coraline dégagea ses pieds des étriers et descendit récupérer son slip sur le rebord du fauteuil. Elle l'enfila prestement en se tournant de côté. Cette honte amusa le médecin. Après l'épreuve de la table d'examen, les jeunes filles se comportent toujours ainsi, songea-t-il, comme si, en quelques gestes hâtifs, elles voulaient recouvrer leur digne pudeur mise à mal.

Durieux était déjà rassis derrière son bureau. Il repoussa les dossiers médicaux qu'il avait entrepris de classer. Ce serait partie remise. Car cet homme-là n'avait plus une minute à lui. Un temps, il avait songé à engager une secrétaire mais aucune candidate n'avait trouvé grâce à ses yeux. Le médecin chercha son stylo dans le fouillis et se mit aussitôt à griffonner des arabesques sur une feuille blanche. Une façon comme une autre de tromper son embarras.

— Tu es enceinte, confirma-t-il.

— Je le savais, dit Coraline, en rajustant sa robe.

Elle la tourna de côté pour remonter la fermeture Eclair.

La jeune fille soupira. Durieux lui fit signe de s'asseoir en face de lui. Elle sembla ne pas comprendre son invitation et resta plantée au milieu de la pièce.

— Viens donc t'asseoir, ordonna-t-il. Tu ne paieras pas plus cher.

L'homme portait la quarantaine grisonnante, un visage émacié d'empereur romain avec une peau exagérément blanche, sans ride. Abonné aux nœuds papillons et aux vestons de tweed de bonne coupe, il était l'élégance même. Trop sophistiqué, disait Franck, pour un médecin de campagne. En effet, l'homme aimait les belles voitures de collection, les Jaguar, les Alfa Roméo, dans lesquelles il engloutissait ses émoluments. Au pays, on lui prêtait quelques maîtresses, de jolies femmes qu'il abandonnait tour à tour en séducteur blasé. Ses tocades amusaient Fayolle. « Tu n'aimes pas les femmes, lui disait-il pour le taquiner, tu aimes ce qu'elles représentent, ce n'est pas la même chose. » Durieux ne répondait pas. Sans doute jugeait-il que le sujet n'en valait pas la peine. Ses amours et l'extrême facilité avec laquelle il séduisait l'intéressaient bien moins que ses voitures. Elles, au moins, ne le décevaient jamais. Au contraire, elles participaient de son esthétique de la vie.

— Je vois que ce diagnostic ne t'enchante guère.

— Non, admit Coraline. Ce n'est pas la joie.

— Qui est-ce ?

Elle hésita à répondre. Après tout, qu'est-ce que cela peut lui faire ? se dit-elle. Que ce soit Renaud ou un autre, quelle importance.

— Un ami, fit-elle, évasive.

— Un garçon auquel tu tiens ? Ou alors, hasarda-t-il devant sa mine déconfite, un accident, un accident stupide ?

Elle fixait un hideux crâne jaune sur lequel Durieux avait posé son chapeau de toile à large bord. Coraline se souvint qu'il était déjà là, il y a six ans, lorsqu'il l'avait examinée pour la première fois. « Tu es une vraie jeune fille, maintenant ! avait-il dit. La réflexion l'avait fait rougir. De honte. Et Durieux avait lissé ses moustaches, tout aussi finement taillées qu'aujourd'hui, en ne la quittant pas des yeux. Un regard doux, juste intéressé, mais sans plus, comme il savait le faire, sans que cela ne devienne inconvenant.

— Ça m'ennuie de te poser ces questions, mais en as-tu parlé à Franck ?

— Non, avoua Coraline. Je n'ai pas envie de le faire.

Le médecin hocha la tête. Il poursuivit alors ses dessins, jusqu'à remplir la feuille posée devant lui. Son interrogatoire avançait, semblablement, par petites touches. Et il lui semblait avoir deviné ce qu'elle pensait de cette chose, de l'utilité de cette vie qui grandissait en elle. Et ce lui fit l'effet d'une douleur aux alentours des ovaires. Mais ce ne pouvait pas être la chose, déjà, peut-être les doigts du médecin qui avaient fouillé en elle.

— Tu n'as pas terminé tes études ?

— Deux années encore.

— Deux années à la Sorbonne avec un bébé à s'occuper, souligna Durieux. Y as-tu réfléchi ?

Coraline fronça les sourcils. Elle n'apprécia pas cette façon de parler comme si elle était encore une petite fille. Durieux devança son agacement.

— Tu as peut-être mieux à faire que jouer les mamans.

— Je ne sais pas si j'aime cet homme, s'interrogea Coraline. C'est la seule question qui m'importe.

Durieux releva la tête.

— Si tu ne sais pas, alors il n'y a rien à en attendre. Le mariage, dans ce cas, reste un pis-aller. Un mariage non désiré est une horreur. Autant élever cet enfant seule, ma petite.

C'était le sujet favori de Durieux. Il eût pu soutenir une thèse sur le mariage, car il y avait échappé à trois reprises, presque par miracle. Et chaque fois que débutait une histoire d'amour, c'était devenu son angoisse, l'instant où la maîtresse viendrait à lui poser la question. Le lendemain, ce n'était plus la peine de le revoir. L'homme prenait la poudre d'escampette, quel que fût le sentiment éprouvé, quel que fût l'intérêt réservé à sa conquête.

— Madame de Beauvoir a bien raison de honnir cette noble institution. Elle n'arrange rien à nos affaires. Au contraire. Tous les malheurs de l'humanité sont contenus dans cette alliance. Pourquoi faut-il que nous y sacrifions, tous, les uns après les autres, comme par devoir? Alors que tout oppose l'homme et la femme. Rien ne les rapproche, sinon le sexe. Mais qu'est-ce que le sexe? Un élan paroxystique. Et qui retombe aussitôt. Pas de quoi se lier pour la vie. D'autant que la passion, la grande passion, — toutes les passions sans exception —, repose sur un malentendu. On sublime un corps, un esprit, jusqu'à ce qu'on ait feuilleté toutes les pages. Et ensuite, toute curiosité s'éteint. On n'a plus en tête que le désir de courir vers un autre corps, un autre esprit, aussi magnifique que celui dont on vient de s'affranchir. Nous partageons le même point de vue, ton père et moi. A la différence que, ayant sacrifié au mariage, Franck s'est attaché à ta mère par une amitié tendre et sincère. Et celle-ci s'est révélée, à ses yeux, plus forte que l'amour. Plus forte que l'effet paroxystique qui semble cimenter la vie des couples ordinaires. Et lorsque l'effet en question décroît, avec l'âge, que reste-t-il ? La douleur de vivre ensemble. Sinon, l'amitié, la tendresse, qui donnent la force de se supporter. En tant que médecin, j'ai eu bien souvent l'occasion d'observer cette anomalie, selon laquelle le sexe est un pivot illusoire.

— J'ai toujours discerné de l'amour entre mon père et ma mère, releva Coraline. La preuve, je ne me suis jamais interrogée. Et la plus grande preuve d'amour, ce fut moi. Que Franck m'ait acceptée, moi, la bâtarde. Et partant, qu'il ait accepté aussi les conséquences de cet adultère, un adultère sous son toit...

— Tu veux parler de Rochelle ? Ce météore qui a traversé en coup de vent l'existence d'Adeline ?

Coraline s'amusa du bon mot. C'était une belle comparaison, une bien belle image à laquelle elle avait si souvent pensé en dressant les yeux vers le ciel, et cela bien après que la moindre idée religieuse l'eut traversée. A ses yeux, Rochelle resterait une sorte d'étoile filante, allant et venant dans l'empyrée, et surtout pas un père absent auquel elle aurait tellement voulu poser des questions.

— Franck méprisait Rochelle. Comment lui en vouloir, du reste ? Il l'avait caché des Allemands qui le recherchaient activement après son évasion. Et pour toute récompense, le héros le trompa avec sa femme. Tu avoueras que c'est une drôle d'histoire. Et, au-delà de l'aspect anecdotique sur le commerce des sentiments, des reins et des cœurs, cette mésaventure révéla à Franck la faille dans son couple, jusqu'alors bien uni.

La jeune fille écoutait cette vieille histoire d'un air las. Elle avait eu son comptant de conversations avec sa mère sur le sujet, pour n'en plus éprouver qu'un intérêt distant et froid. Il ne faisait même aucun doute, dans son esprit, que Rochelle, s'il avait survécu à la guerre, fût un jour retourné à La Nadalie pour y chercher Adeline. Sur ce point, Franck ne nourrissait plus aucune illusion. Et sans doute était-ce cette idée, seule, qui avait abîmé, à la longue, les relations du couple.

D'un geste rageur, le médecin chiffonna la feuille qu'il avait farcie d'arabesques folles.

— Que décides-tu, maintenant ?

— Je ne cesse d'y réfléchir.

— Ton ami n'est pas un Rochelle, apparemment, ironisa Durieux. Tu as eu le temps d'en feuilleter toutes les pages. Et il ne serait pas plus un bon mari qu'un père. Et ce n'est pas sûr non plus que tu souhaites cet enfant. Le monde est mal fait. Il existe tant de femmes qui désirent des enfants et qui ne peuvent en avoir, tandis que d'autres ne savent comment s'en prémunir.

Il s'était levé pour arpenter son cabinet de long en large. Décidément, cette petite lui était d'un piètre secours. Il ne savait plus comment lui faire dire ce qu'il avait envie d'entendre.

— Ta mère serait sans doute ravie de l'élever, mais…

— Je ne souhaite pas cette solution.

— Alors ? clama Durieux en levant les bras au ciel. Alors ? Il ne nous reste qu'une issue. La chirurgie.

— Vous seriez prêt à…

— Quoi ? Ma chère ! Ne jouons pas les hypocrites. Tu n'es pas venue me consulter sans arrière-pensée. Tu t'es dit, dans ta petite tête, le bon docteur Durieux, il m'arrangera ça. Ce n'est pas la première fois. Et bien sûr que non, ce n'est pas la première fois. J'ai dépanné bien des femmes. On ne peut imaginer l'égoïsme stupide de ces maris qui ne savent pas se servir de leur queue. Et de pauvres jeunes filles éplorées, engrossées par le premier venu, en cachette de leur mère. Franck aussi a rendu des services. Qu'y pouvons-nous ? Faire la sourde oreille. Ce ne serait pas humain.

Coraline baissait les yeux. Elle avait envie de pleurer. Elle se sentait coupable. Et elle enrageait aussi que Renaud ne fût pas là, avec elle, pour prendre la décision. Mais elle ne pouvait s'en prendre qu'à elle-même puisqu'elle avait choisi de quitter Paris, seule, qu'elle avait tout fait pour l'éloigner, comme si cette affaire, au fond, ne le concernait plus.

— Je vais réfléchir encore un peu, dit Coraline.

— Pas trop longtemps, quand même, insista Durieux.

Il discerna les traces de quelques larmes sur ce visage. Et, aussitôt, il s'en voulut d'avoir parlé durement. C'était facile, pour lui, le médecin, l'homme avant tout, l'homme, de prendre ce ton de reproche. Surtout s'agissant de cette petite fille gâtée à laquelle la vie avait souri. Sans doute n'eût-il pas osé arborer ce ton avec une de ces paysannes qui en étaient à leur troisième ou quatrième avortement, une de ces malheureuses dont le sort était moins enviable que celui d'une vache. « Il ne veut pas se priver », disaient-elles du mari pour justifier leur état. « Et maintenant, je ne vois plus », ce qui voulait dire : je n'ai plus mes règles. On lui parlait ainsi, à mots couverts. Il n'insistait pas. La cause était entendue. Tout juste conseillait-il l'usage du stérilet ou la ligature des trompes, sans conviction. Puisque le mari ne doit pas se priver, alors à quoi bon les sermons ? Curetons ! Curetons que diable ! jusqu'à ce que l'utérus rende l'âme, une bonne fois pour toutes.

— Cache donc ces vilaines petites larmes, dit Durieux. Ça n'en vaut pas la peine. Notre affaire va bien s'arranger. Dans la plus grande discrétion. Rassure-toi, je n'en dirai mot à Franck.

Le docteur lui tenait la main. Elle était molle et froide, sans ressource. Il la porta à ses lèvres. Tel était Laurent Durieux, saisi parfois par des élans de raffinement, pour se faire pardonner, présentement, la dureté de son propos. Mais Coraline ne croyait guère à ce revirement. Elle se sentait meurtrie dans sa chair et n'avait plus qu'un désir, quitter le cabinet et retourner à La Nadalie au plus vite.

— Réfléchis, ma petite, insista Durieux. Nous ne disposons que de deux semaines maximum. Deux semaines, répéta le médecin en l'accompagnant au bout du couloir.

*
* *

Coraline avait besoin d'un petit remontant pour se remettre les idées en place. Elle gara la 2 CV devant le café Bournat, tout contre la croix de pierre qui occupait un angle de la place. En reconnaissant la guimbarde d'Adeline, Irénée sortit sur le pas de porte.

— Mais c'est bien notre petite Fayolle, s'écria-t-elle. Bon Dieu non ! Je n'ai pas rêvé.

Des visages pointèrent aux vitres du café. Une rangée de gueules hirsutes. Sur le coup, Coraline eut envie de leur tirer une grimace. C'est bien la province ça, maugréa-t-elle. Cette vilaine curiosité à tout propos. Il est vrai que la jeune fille n'avait pas paru, au pays, depuis deux ans, au moins. Un sacré bail pour des gens habitués à se côtoyer journellement, à vivre en vase clos.

— Comme tu as changé, s'écria la patronne en la considérant de pied en cap.

La visiteuse se sentit gênée devant un tel étalage d'indiscrétion. Aussi hésita-t-elle à embrasser Irénée, ne sachant trop comment prendre l'accueil qu'on lui réservait.

— Quoi? s'étonna-t-elle. Je n'ai pas changé à ce point?

— Tu es une vraie femme, maintenant.

Coraline haussa les épaules.

— Irénée, vous allez finir par me faire rougir.

La tenancière de l'épicerie-café de Galiane-sur-Sévère éclata de rire en montrant une belle rangée de dents jaunies.

— Pas vrai, Mauricée, que notre petite Fayolle est devenue une jolie belle femme, toute bonne à marier?

Le type, qu'Irénée venait d'interpeller, se retourna sur lui-même, pivotant contre le bar qui semblait le soutenir.

— C'est bien vrai, ça! fit-il en la dévisageant d'un œil torve.

Puis il se saisit de son apéro, un jaune comme on disait ici, et s'en bascula une gorgée. Les autres types s'étaient rassis devant leur canon de rouge, dans un silence où l'on entendait les mouches voler. Coraline s'obligea à serrer les mains, une à une, comme son père le lui avait appris, autrefois. A la campagne, c'était un rite sacré auquel on ne pouvait déroger, au risque de passer pour une petite merdeuse. Chapeaux, bérets et casquettes tombèrent devant elle, respectueusement. Coraline était même un brin confuse devant ce désordre qu'elle avait créé, elle qui désirait tellement passer en coup de vent, discrètement. Mais telle était la manière des gens de Galiane, rendant politesse pour politesse. Irénée éprouvait même de la fierté d'accueillir la fille du docteur dans son établissement.

Au pays, les Fayolle passaient pour des châtelains argentés, originaux sur les bords. Des gens, certes, infréquentables, mais pour lesquels chacun éprouvait du respect. Cette déférence, on la devait à Adeline, à sa manière exubérante de s'habiller, à la préciosité de son langage. Quant au docteur, il acquit ses lettres de noblesse, le jour où, enfin, il consentit à examiner en sus les vaches éprises de fièvre et de diarrhée.

Coraline avait fréquenté la communale, puis s'en était allée vers la grande école où on l'avait perdue de vue. A la faveur de rares visites à l'épicerie, sa mère avait tenu les habitués du café au courant de son itinéraire. « Coraline fait son conservatoire », avait-elle dit d'un ton énigmatique. Certes, la musique, ça n'apparaissait guère sérieux pour des gens attachés à un bon métier manuel ou, mieux encore, à une planque de fonctionnaire. Mais le comble, ce fut, sans doute, le jour où elle déclara que sa chère fille était entrée en Sorbonne. « Elle fera donc médecin comme son père ? lui avait-on répliqué. — Mais non, se défendit Adeline. La musicologie… »

— Comment se porte Paule ? demanda Coraline en saisissant la manche de Mauricée.

Le bonhomme se retourna en bougonnant et la considéra, pour la seconde fois, des pieds à la tête.

— Ça va bien, fit-il. Pour sûr que ça va depuis qu'elle a trouvé du travail à la coopérative fruitière. C'est un boulot de saison. Mais si elle fait l'affaire, le contremaître m'a promis de l'embaucher définitivement. D'ailleurs, ajouta-t-il en lorgnant la pendule Ricard accrochée au-dessus du bar, elle va pas tarder à venir me chercher.

Un sourire éclaira le visage de la jeune visiteuse. Paule Mauricée avait été sa meilleure amie au temps de la communale. Après son départ pour Paris, Coraline lui écrivit quelques lettres auxquelles elle ne répondit pas, hormis une simple carte postale. Et devant cette défection, elle jugea alors que leur amitié appartenait au passé et qu'il ne servait plus à rien d'entretenir une telle flamme.

— Je prendrais bien un armagnac, commanda Coraline. Et vous, monsieur Mauricée, vous boirez bien un autre apéritif? Je vous l'offre.

Le type se retourna, médusé. Ça n'était guère dans les habitudes qu'une jeune fille vînt payer sa tournée.

— A quel titre? demanda-t-il d'un ton bourru.

— Pour fêter mon retour à Galiane, répliqua-t-elle crânement.

— Ma petite, s'inquiéta Irénée, c'est bien un armagnac que tu m'as demandé?

— Oui. J'ai besoin d'un remontant.

Mauricée éclata de rire en regardant la tenancière.

— C'est la nouvelle jeunesse, ça! Celle qui fout le feu à la Sorbonne. Un joli bordel. Avec ce qu'on nous montre à la télévision, y a de quoi prendre peur, fi de garce!

Les autres clients du café approuvèrent dans un grand brouhaha. Coraline but cul sec et, présumant de son audace, se tordit aussitôt de douleur lorsque l'alcool lui traversa le gosier.

— Ah, ah! rigola Mauricée. Y a encore à faire...

Et il but, lui aussi, une grande gorgée de jaune.

— T'y étais à la Sorbonne, toi aussi? s'inquiéta-t-il.

Coraline hocha la tête. Le type se recula pour mieux la considérer, la lippe agressive. Elle le fixait aussi en fronçant les sourcils, insolemment. Tout de même, c'était la fille du docteur Fayolle, l'amie de Paule, il ne pouvait pas l'insulter comme ça, tout de go. Pourtant, ce n'était pas l'envie qui lui manquait. Il se retourna vers le bar, vaincu. Tout de même, ce n'est pas le rôle des enfants de bourgeois de foutre le pays sens dessus dessous, se dit-il, alors que les nôtres restent bien sagement à leurs postes. C'est le monde à l'envers. Les nantis se révoltent et les pauvres triment. Mauricée fila un grand coup de poing rageur sur le zinc.

— J'ai envie de te dire quelque chose, fit-il, mais tout compte fait, il vaut mieux que je me taise.

— Oui, encouragea Irénée. Toutes les vérités ne sont pas bonnes à dire.

— Mais vous pouvez le dire, fronda Coraline, je n'ai pas peur de vous.

Irénée lui adressa une moue de reproche.

— Ah oui ! s'exclama-t-il dans un geste de défi. Eh bien, prends-le comme tu voudras, ma petite, mais je pense, moi qui ne suis qu'un misérable petit paysan, comme tu le sais, que tous ces jeunes cons méritent de sacrés coups de pied au cul. Vain Dieu ! Je ne supporterais pas que ma Paule fasse l'imbécile dans les rues de Paris. J'irais la chercher, moi, et je la ramènerais au pays, de force, en la traînant par les cheveux s'il le fallait, bordel ! Tout ça, résuma-t-il, c'est la faute des parents. Les parents n'ont plus assez de couilles pour tenir leur progéniture.

Coraline l'écoutait sans sourciller. Cette diatribe la laissait sans surprise. Elle n'avait pas imaginé une autre réaction venant d'un homme tel que Mauricée, un homme qui résumait à merveille ce que les événements suscitaient chez les Français ordinaires. Et ce lui était même extrêmement instructif, cette saillie verbale. Elle pensait à Frédérik, en se disant : il faudrait qu'il entende ça !

— Rassurez-vous, répliqua Coraline. La police ne s'en prive pas. Elle tape sur tout ce qui bouge.

— Elle tape pas bien fort, releva Mauricée soutenu par les rires de ses voisins. Si c'était le cas, foutre, ça rentrerait dans le rang.

— Que voudriez-vous qu'elle fasse de plus ? Qu'elle use de ses armes à feu ? Qu'elle tire dans le tas ? Ça nous ferait une jolie guerre civile. Je vous connais, monsieur Mauricée, vous qui étiez dans le maquis, vous ne souhaitez pas un bain de sang ?

Il parut rasséréné. C'était un mot qui l'avait touché au cœur, qu'elle sût, cette petite, qu'il avait été dans la Résistance.

— Comment tout cela finira-t-il ? Tu le sais, toi ?

— Voyez comment le pouvoir traite sa jeunesse ? reprit Coraline. Avec quelle brutalité ! Personne n'ose le dire à l'ORTF, parce que le gouvernement a la mainmise sur l'information. Les gaullistes ont perdu la confiance du peuple. C'est la raison pour laquelle ils usent de la violence. Ils se disent : la jeunesse ne nous aime pas, alors ils sauront pourquoi... Mais la violence ne résoudra rien. Au contraire, elle ne fait qu'envenimer la situation. Maintenant, nous avons la grève générale. Tout le pays est bloqué. Et nul ne sait plus comment sortir de la crise.

— Pourtant, déplora Mauricée, nous sommes contents de notre sort. Il y a du travail pour qui veut travailler. Mais on a poussé ces jeunes à avoir des diplômes, toujours plus de diplômes. Et ça veut les meilleures places. Mais il n'y en aura pas pour tout le monde. Je te le dis, le mal vient de là. Les diplômes…

— On a ouvert les portes des universités à toutes les classes de la société, reprit Coraline, même aux plus défavorisées. N'était-ce pas juste ? Aujourd'hui, on voudrait nous faire revenir en arrière, au bon vieux temps où les notaires faisaient des notaires, les médecins des médecins et les industriels des capitaines d'industrie. Ces temps sont révolus. Les mêmes chances pour tous, voici ce que demande la jeunesse. Et voilà ce qu'on lui refuse.

— Ma petite Paule n'a pas eu son bac, répliqua Mauricée, ça ne l'empêche pas de travailler.

Les types applaudirent en chœur. Et Coraline comprit alors qu'elle était bien seule, que ses arguments avaient peu de poids. Même Irénée, qui nourrissait pourtant beaucoup d'affection pour elle, ne l'approuvait pas. Elle l'écoutait, sans mot dire. Elle se disait qu'il y aurait toujours des riches et des pauvres et que les pauvres seraient indéfiniment condamnés à subir la loi du plus fort, avec ou sans diplôme.

— Nous sommes tous avec de Gaulle, s'exclama l'un des paysans. Sans lui, que serions-nous devenus en 40 ? Et cette fois encore, il trouvera la force de nous tirer d'affaire. Vous verrez, les gars…

— Est-ce le fond du problème ? questionna Coraline. Qu'il sauve ou non son gouvernement ne changera rien. La brèche est ouverte. La jeunesse a compris qu'elle devait prendre son destin à bras-le-corps, sans autre aide que sa foi en l'avenir.

— Que pense ton père de tout ça ? demanda Irénée.

— Mon père, dit Coraline, il est comme vous tous, il croit que cette montagne va accoucher d'une souris.

Mauricée fixait son verre vide. Il la trouvait bien courageuse, cette petite, de venir défendre l'indéfendable en terre ennemie, car elle n'aura pas, pensait-il, à batailler pour se faire une place au soleil.

— Ton père sait de quoi il parle, ajouta Mauricée en faisant tourner le verre entre ses doigts. Il était avec nous dans la Résistance, avec les gaullistes, les communistes. Après la guerre, nous n'avons pas voulu de lui à la mairie de Galiane, parce que nous le trouvions trop bourgeois. C'était pas un homme de notre rang. Nous nous disions : Fayolle, il va vouloir en imposer alors qu'il ne connaît rien au milieu paysan. Mais ça n'empêche rien. C'est un homme qui a su gagner notre estime.

Coraline s'amusait d'un tel aveu. On avait soigneusement caché à l'enfant, — qu'elle était alors —, cette histoire, comme bien d'autres. Et chaque fois qu'elle grattait un peu la poussière, de nouveaux secrets se révélaient à ses yeux. A croire que la maison Fayolle n'en finirait jamais de la surprendre. J'ai passé mon enfance dans un labyrinthe d'énigmes, songea-t-elle. Et personne pour me guider dans ce long couloir qui mène à la lumière. Pas même une mère, pas même un père. Des parents soupçonneux, comme des étrangers.

— Vous n'aimiez pas ses idées comme vous n'aimez pas les miennes, aujourd'hui, fit-elle d'une voix cassée.

Paule Mauricée était entrée à pas feutrés, pour ne pas interrompre la conversation. Mais lorsque leurs regards se croisèrent, elles coururent l'une vers l'autre. Puis, elles sortirent du café, bras dessus bras dessous. Ce qu'elles avaient à se dire ne souffrait aucun témoin. Et surtout pas Irénée dont l'indiscrétion était sans limite.

— Te souviens-tu de l'époque où nous allions acheter les caramels à un franc à la sortie de l'école ? Tu me donnais de l'argent, dit Paule, parce que tu ne supportais pas que je ressorte de l'épicerie les poches vides.

— Oh ! tu exagères. Ta grand-mère ne te laissait pas sans un sou, défendit Coraline qui ne voulait pas qu'on lui rappelle ce qu'elle éprouvait alors pour sa camarade, une pitié affligeante. Mais nous avions un tel appétit de sucreries, ajouta-t-elle. Les années de notre enfance avaient un goût sucré.

Paule n'en revenait pas de la retrouver si affable. La vie de Paris lui aurait-elle attendri le tempérament ? se demanda-t-elle. Car lorsqu'elles s'étaient quittées, il y a quatre ou cinq ans, Coraline avait le plus mauvais caractère qu'on pût imaginer. Elle savait même, à merveille, lui montrer sa différence, avec une cruauté dont seuls les enfants sont capables. Au pays, on le savait que la petite Fayolle allait entreprendre de brillantes études, qu'elle se préparait à devenir une violoniste de premier plan. Aussi, durant tout ce temps, s'était-elle souvent étonnée qu'on ne parlât pas encore d'elle à la télévision, qu'on n'annonçât pas à tous vents la naissance d'un nouveau prodige.

— Ne fais pas l'ignorante. J'ai beaucoup souffert de ça, de n'avoir pas autant d'argent que toi.

— Est-ce tellement important, aujourd'hui ? Tu gagnes ta vie et, moi, je suis encore aux crochets de mes parents.

— Tu ne sais pas ce que c'est que le travail. Tu as de la chance.

— Tu m'envies encore ? Ce serait trop bête.

— Je ne t'envie pas. Je me dis que tu as eu plus de chance. Tu fais des études. Et tôt ou tard, tu gagneras cinq ou dix fois plus que moi.

Elles s'observèrent dans un grand silence. La tournure de la conversation semblait les ennuyer l'une et l'autre. Ce n'était pas de cela dont elles avaient envie de se souvenir, tout ce qui avait fait qu'un jour elles avaient cessé de se parler.

— Et la cabane de La Gane, sur le territoire inviolé des Éperviers, avec les fameux mots de passe, tu te souviens ? insista Coraline.

Paule éclata de rire.

— Ce jour où Annie Delmain est tombée dans la rivière et qu'elle n'osait plus rentrer chez elle. Nous avions allumé un feu pour faire sécher sa robe. Et ces petits imbéciles de Nard et Ducos qui la zieutaient, toute nue, derrière un fourré...

— Oh oui, Nard, se rappela Coraline. Ce qu'il pouvait être chiant ce type. Qu'est-il devenu ?

— Il s'est marié avec une fille de Sainte-Rochette, une gamine qu'il a fichu enceinte, une pauvre idiote.

— Tu as la dent dure.

— Tu crois qu'il ne faut pas être bête pour se faire avoir par un Nard ? Il ne parlait que de ça, coucher avec des filles. Ça l'obsédait.

— Oui, se souvint Coraline. Il voulait toujours qu'on mette une main dans la poche de sa culotte.

— Elle était percée, forcément.

— Pourquoi ? Tu l'as fait, toi aussi ?

— Bien sûr. Et ça ne me déplaisait pas, finalement.

— Moi, il m'a eue, une fois, à ce petit jeu. Mais je n'ai jamais voulu recommencer.

— C'est vrai, dit Paule. Tu étais prude. Mais on ne lui a jamais appris à s'en servir. Et voilà le résultat. Avec cette pauvre fille, le premier coup a été le bon.

— Ça arrive à des gens très bien, sourit Coraline.

Elles s'étaient rapprochées de la 2 CV d'Adeline, les ailes sévèrement cabossées. Finalement, ça amusait

Franck, ses accidents à répétition, pourvu qu'elle lui laissât la DS 21 intacte. Ça ne risquait guère de lui arriver car elle n'avait pas même le droit de la sortir du garage.

— Tu es revenue pour quelques jours? interrogea Paule.

— Je ne sais pas, dit Coraline en effleurant le petit nez retroussé de son amie. J'ai pris congé de Paris pour quelques temps, sans doute.

— A cause des événements?

C'était une de ses coquetteries, ce petit nez à la retrousse, avec un regard bleu pétillant de malice. Jadis, elle en avait été jalouse de ce minois, parce qu'il attirait tous les regards des garçons pendant qu'elle se jugeait laide. Il n'y avait que Nard qui la trouvait à son goût. Mais Nard, ce ne pouvait guère être une référence, puisqu'à ses yeux toutes les filles étaient jolies et désirables. Coraline l'observa en détail. Son amie n'avait guère changé, sinon quelques formes affinées en plus, la poitrine et la chute des reins. Tout ce qu'il fallait pour qu'on la désirât encore plus. Elle portait une jupe courte en toile blanche, outrageusement courte même.

— Tu as embelli, jugea Coraline. Je suis sûre que tu ne sais plus où donner de la tête...

Paule la regarda d'un œil en dessous. Elle se demandait si elle ne fichait pas de sa figure. Il n'était certes pas dans ses habitudes de faire des compliments, autant qu'elle pouvait s'en souvenir. Elle était même plutôt critique de ce côté-là, prenant plaisir à quelques vexations bien appuyées. Paule n'avait nul besoin de l'observer pour comprendre que l'apparence des corps était le dernier de ses soucis, et encore moins la toilette. Coraline avait enfilé un jean et un polo gris. Elle avait des seins plutôt petits, ce qui l'autorisait à se passer de soutien-gorge.

— Toi, tu t'en fiches. Tu n'as pas besoin de mettre une minijupe pour séduire. Ton intelligence suffit, rétorqua Paule.

Coraline sentit qu'elle l'avait un peu vexée. Elle ne la connaissait pas aussi susceptible et s'en voulut aussitôt.

— Si je te disais que j'ai attendu hier pour porter une minijupe.

— Pourquoi ça ? Tu as de jolies jambes, bien galbées.

— Je les voulais bien bronzées avant de les montrer. Alors, je me suis fait un peu griller, si tu vois ce que je veux dire.

Coraline se demanda si elle était normale, elle qu'une telle idée n'avait pas encore effleurée. J'ai encore beaucoup à apprendre, se dit-elle.

— Et que fais-tu de ton temps de libre, à part te bronzer ?

Les deux filles marchaient côte à côte, en parcourant la place en diagonale. Au retour, elles choisirent de passer à l'ombre des maisons.

— Le samedi et le dimanche, je vais au bal. Les fêtes ont commencé au pays. La prochaine, c'est à Sainte-Rochette. On pourrait s'y retrouver, non ?

— Je ne sais pas.

— Tu ne vas pas rester à La Nadalie te morfondre ? Ce serait trop bête. Et puis, nous avons tellement de choses à nous dire. Je te téléphonerai, promit-elle, parce que maintenant il est tard, et je dois rejoindre mon père. Je lui sers de chauffeur.

Elle la regarda s'éloigner vers le café d'un pas dansant.

*
* *

— De Gaulle a mis les bouts ! s'exclama Adeline.

Elle n'était pas peu fière de sa réflexion. C'était une tournure d'un genre trivial, un genre dont elle n'usait guère, sauf dans les situations exceptionnelles. Et, pour une fois, la nouvelle en valait la peine.

Coraline se laissa choir dans le fauteuil de la bibliothèque.

— Que dis-tu ?

— Demande donc à ton père.

Franck était assis à son bureau, la tête de côté, l'air songeur. Il regardait le parc, l'ombre allongée des tilleuls et des platanes dans le soir mourant.

— Mais il est aussi muet qu'une carpe. Ça lui en bouche un coin. Il le croyait solidement enraciné, le vieux, à son trône, comme un chêne centenaire. Et voilà qu'un groupuscule d'étudiants le fait fuir comme un péteux. C'est à mourir de rire. Et dire que nous avons tellement misé sur cet homme. Quelle déception, mes aïeux !

Adeline parlait pour Franck, à sa juste et noble place, prenant plaisir à tourner le couteau dans la plaie. Elle allait et venait autour de lui, comme un toréador qui vient placer, une à une, ses banderilles. Le médecin la trouvait ridicule dans sa grande robe lâche, couleur feux d'automne. Elle portait une coiffure négligée, comme elle le faisait toujours quand elle se mettait dans ses confitures jusqu'au cou. Aujourd'hui, c'était le tour des abricots, et demain, qui sait, les framboises, les groseilles. Le médecin avait fini par prendre ses alignements de pots en horreur. Ce n'était pas son genre, le sucré. Il détestait plutôt ça. Il lui préférait l'aigre-doux, ou mieux encore, l'amertume du cornichon.

— Oui, déplora Fayolle d'une voix caverneuse, le général a disparu. Encore un coup de bluff dont il a le secret, à moins qu'il s'agisse, hélas, du dégoût profond, du renoncement sans appel. En tout cas, un sacré coup de théâtre.

Coraline se débarrassa de *Belle du Seigneur* dont elle n'avait réussi, jusqu'alors, à lire qu'une petite centaine de pages.

— Je n'aime pas ça du tout, fit-elle pensive.

— Quoi ? s'étonna Franck. Vous devriez être satisfaits. Vous avez obtenu ce que vous cherchiez. Que vous faut-il de plus ? La tête du monarque montrée à la foule ? Vous êtes fous, mes enfants.

Elle fut surprise de sa réaction. Cela faisait longtemps, à vrai dire, qu'elle n'avait vu son père dans une telle colère. Caustique, il l'avait été la veille, mais dans l'exaspération, ce n'était pas courant. Coraline crut bon de ne point insister. Le « vous » dont il avait usé l'engluait, elle aussi, sans discernement, au clan des contestataires, celui qui avait réussi ce haut fait d'arme. En vérité, c'était toute sa génération qu'il prenait à témoin.

— Vous en mesurerez vite les conséquences ! jura-t-il en brandissant un poing rageur.

— Regarde-le donc, fit Adeline. Ça le rendra fou, son de Gaulle.

Le médecin se racla la gorge, comme s'il cherchait à refouler la fureur qui l'étouffait. Puis, il alla chercher la respiration, loin au fond de lui. Il avait besoin de retrouver son calme. Il s'en voulait un peu d'avoir aussi brutalement cloué le bec à sa chère fille. La preuve, elle n'osait plus le regarder droit dans les yeux. Après tout, ça n'en valait peut-être pas la peine de se mettre dans un état pareil.

Le transistor, qu'il avait amené près de lui, nasillait en sourdine. Depuis le début de l'après-midi, les commentaires allaient bon train. Plusieurs hypothèses avaient été avancées. Un exil en Irlande, en Suisse. Une fuite à Varennes. On avait même évoqué une rencontre avec les forces françaises stationnées en Allemagne. Ensuite, un retour triomphal à Paris à la tête d'une nouvelle 2e DB. C'était évidemment la pire des solutions, celle qui lui ressemblait le moins. Du reste, Franck se refusait à y croire. Des parachutistes à Frileuse. Des chars AMX sur la frontière du Rhin. Il y avait de quoi rire. Certes, un général reste un général mais, tout de même, de Gaulle était autre chose qu'un militaire, un homme d'État hors ligne, respectueux des institutions. Ce ne serait pas la première fois qu'il s'effacerait, songeait-il. Déjà en 46, devant l'impuissance et les querelles des partis...

— A peine éloigné de l'Élysée, poursuivit Fayolle, les appétits s'aiguisent. Mitterrand propose ses services. Un gouvernement provisoire dont il serait le chef, puisque Mendès-France refuse de manger de ce pain-là. Un rusé, Mendès. Un fin renard. Il a compris qu'il ne servirait pas la France en se portant à la tête de ces énergumènes. Le spectacle de Charléty lui a suffi. Gouvernement populaire ! Voilà ce que veut la rue. La rue, c'est-à-dire les syndicats et la CGT en tête, autant dire les communistes. Et les étudiants, que veulent-ils ?

Il regardait Coraline qui baissait la tête.

— Je crains que le mouvement soit pris en otage et qu'il n'y ait plus aucune marge de manœuvre, sinon occuper l'Odéon.

— L'Odéon ? ricana Fayolle. Des broutilles. Depuis quand a-t-on fait une révolution à partir de l'Odéon ? Les révolutionnaires de 89 avaient compris ça bien mieux que vous... L'Assemblée nationale d'abord. Et la guillotine ensuite. Voilà comment fonctionne une révolution. Des décrets jusqu'à plus soif. Et du sang pour étouffer la réaction.

— Mon ami, s'interposa Adeline. Calmez-vous. Personne ne vous a chargé de former un gouvernement de salut national, que je sache. C'est bien dommage, car vous n'auriez point détonné dans le décor.

— Moi, fit le médecin d'un ton las, je ne suis rien, rien du tout. Un simple citoyen qui voit son pays filer en quenouille. Et ils sont nombreux, les Français, qui perçoivent ce que je vois. Qu'attendons-nous pour descendre, nous aussi, dans la rue ? N'est-il pas temps de porter un coup d'arrêt avant qu'il ne soit trop tard ?

— Qu'entends-tu par « trop tard » ? s'inquiéta Coraline.

— Un gouvernement populaire avec l'aval de Monnerville. Le président du Sénat a toujours été hostile au général. Et alors, il en sera fini du gaullisme. On nous proposera des élections avec un programme social bricolé dans l'arrière-cour de la CGT. Et ensuite, une ribambelle de ministres, un savant saupoudrage comme en 46 : trois pincées de radicaux, deux pincées de communistes et une grosse louche de socialos. Et vogue la galère...

Coraline ne put retenir un fou rire. Il fallait bien des soirées comme celle-ci pour que le bon docteur Fayolle retrouvât le goût de la faconde, lui qui s'ennuyait d'ordinaire dans ses pantoufles trop étroites de petit bourgeois tranquille.

— Vous qui riez comme une baleine, repartit-il en dévorant sa femme du regard, serez-vous assurée, demain, de conserver votre confort, de vaquer à vos confitures ? Peut-être serais-je réduit à mendier mon traitement ? Se trouvera-t-il encore un syndicat pour me défendre ?

— Que craignez-vous, mon ami ? Qu'on nationalise votre médecine ?

— Ça non ! Plutôt prendre le premier avion pour Vancouver. Les hivers y sont rudes, mais au moins les grands espaces ne nous feront point défaut. Car au lendemain d'une telle mésaventure, il sera beaucoup de mains que je ne souhaiterais plus serrer.

Adeline et sa fille riaient de concert.

— La Nadalie deviendra un repaire somptueux pour les futurs commissaires du peuple locaux. Nos communistes de Galiane y viendront goûter le luxe que vous prisez tant, ma chère. Votre parc bien aimé sera le théâtre de fêtes populaires où on y sanctifiera le culte du saucisson et du ballon de rouge.

— Quel déchaînement verbal ! dit Adeline qui était venue s'asseoir à côté de sa fille. Vous êtes en verve, ce soir. Enfin, pour une fois qu'il se passe quelque chose à La Nadalie, soupira-t-elle. Qu'avez-vous contre nos communistes ? Ardoin et Franchet sont de bien braves hommes. Je les connais, ces deux-là, aussi bien que vous. Ils ne feraient pas de mal à une mouche. Et si ça se trouve, dans leur for intérieur, ils ne souhaitent qu'une chose, que votre de Gaulle reprenne sa place sur le trône. Ça les chagrinerait de devoir jouer les commissaires du peuple.

Fayolle s'apprêtait à sortir sur sa terrasse pour humer l'air du soir, lorsqu'Europe 1 annonça un flash spécial.

Le médecin colla son oreille à la membrane du transistor.

— Ça y est! s'exclama-t-il. De Gaulle est revenu. Cette fois, mes enfants, la peur va changer de camp.

IX

Le lendemain, dans le milieu de l'après-midi, en buvant le thé sur la terrasse inondée de soleil, la famille Fayolle écoutait attentivement l'allocution radiodiffusée du général de Gaulle. Et lorsque le président prononça d'une voix ferme : « Dans les circonstances présentes, je ne me retirerai pas... », Coraline monta aussitôt dans sa chambre.

La partition d'*Éloges* était étalée sur son bureau. Que de temps perdu en valse-hésitation, se reprocha-t-elle en pensant à Betsy Liancourt. Et avec cette féroce énergie, dont elle était capable dans ses grands moments de désespoir, elle décida de se remettre au travail. Tout ce qui peut donner un sens à ma vie, la satisfaction de l'œuvre accomplie, le bonheur de créer, je ne puis le tirer que de moi-même.

L'ennui, c'est qu'elle se sentait trop distraite pour focaliser son attention sur les fameux vers de Saint-John Perse. Pour avoir bien des fois éprouvé ce sentiment, elle jugea qu'elle ne parviendrait à composer qu'après avoir fait le vide dans son esprit. Je me laisse malmener, tirer à hue et à dia, et ainsi, par ma faute, un manque flagrant de détermination, me voici dévorée par tous ces éléments perturbateurs. Désormais, plus de radio, plus de télévision, plus de journaux, plus de discussion, se promit-elle. Seuls, le silence, la solitude et son fluide réparateur.

Machinalement, Coraline alla fermer la porte à clé. Geste inutile, en vérité. Il y avait peu de chance qu'Adeline ou Franck vînt la déranger. Ils étaient trop respectueux de son intimité. Mais ce geste lui procura un sentiment de sécurité, comme si elle avait tiré un verrou sur l'hostilité du monde qui venait battre à ses pieds.

Avec une patience d'ange, elle récrivit, de mémoire, les dernières mesures où son ouvrage s'était interrompu à Paris. Au passage, elle rectifia quelques erreurs, rehaussa un trait rythmique par-ci par-là. Puis, la suite s'enchaîna d'elle-même ; la mécanique bien huilée se remit en marche. De la main, elle tapotait les temps sur le coin du bureau. Et d'une écriture fine, elle noircit en moins de deux heures cinq ou six pages de partition. Le chant, qu'elle avait entrepris, le neuvième, était long, démesurément long, aussi se devait-elle d'y maintenir en état constant d'équilibre le souffle lyrique qu'elle comptait lui donner. A la relecture, elle parut satisfaite. Du moins, jugeait-elle ne pouvoir mieux faire pour l'instant. Mais quelle serait l'opinion de Betsy ? Telle était la question. Depuis quelques temps déjà, elle avait compris qu'elle composait avec cette angoisse au ventre, que Betsy jugeât, en définitive, son travail inconsistant, comme tout ce qu'elle avait créé jusqu'à présent.

Un jour, sans doute, lui faudrait-elle s'affranchir de cette étouffante tutelle. Pour l'heure, Coraline ne se sentait pas assez mûre pour couper le cordon ombilical. S'en défaire, prématurément, était un risque énorme. Betsy Liancourt n'était-elle pas, au juste, son seul juge, son Protée ? Elle était capable, pourvu qu'elle en fût convaincue elle-même, de l'imposer dans la société musicale où se disputaient du coude les premières places. Elle pouvait par exemple user de recommandations pour faire jouer ses œuvres. Coraline n'en attendait pas moins de la célèbre compositrice, ce déclic généreux, même si cette dernière feignait de ne pas comprendre ce que sa protégée attendait d'elle.

Le soir venu, tandis que la télévision montrait le colossal succès de la manifestation gaulliste aux Champs-Élysées, Coraline sortit dans le parc. Elle essayait d'imaginer ce que Frédérik pouvait ressentir à cette heure, devant ce demi-million de fidèles au coude à coude, reprenant pied à pied le pavé de Paris. Elle en avait de la peine pour lui, jusqu'aux larmes.

L'air fleurait bon le foin coupé. Et des fonds de La Gane montaient aussi tant d'autres odeurs dont elle avait conservé le souvenir. Ceux-ci s'en revenaient en rangs serrés, recomposant dans sa mémoire les instants heureux. Elle se voyait encore, sur sa bicyclette, dévalant le chemin vers la rivière. A folle allure, elle venait buter à cet endroit où la rivière coupe le sentier d'un courant vif. Le passage à gué était des plus scabreux pour une petite fille sans expérience, même durant la période des eaux basses. Il lui eût fallu sauter de cailloux en cailloux qui affleuraient à peine la surface. Et pour cet exercice, elle possédait de trop petites jambes. Ici s'arrêtait donc le monde civilisé de son enfance. Et par-delà commençait le pays des explorations aventureuses. Pour s'y risquer enfin, il lui avait fallu apprivoiser l'amitié de solides garçons du village. A leur suite, elle avait investi ces nouveaux domaines où ils avaient établi des cabanes, comme des conquérants du Nouveau Monde.

Lorsque Coraline atteignit le bois de châtaigniers, elle se sentit enfin seule, perdue en territoire d'enfance. Les événements des dernières semaines lui parurent désormais dérisoires. Cette vaine agitation l'avait portée en avant, comme une marionnette. Elle s'était laissé griser par cette force. Elle avait cru à ces faiseurs de rêves. Elle avait communié avec eux. Puis, la vague vengeresse s'en était revenue comme une gifle, dispersant les épouvantails qui avaient cru, dans leur grande naïveté, redessiner l'ordre du monde.

Coraline s'assit sur un lit de fougères, plumant une tige entre ses doigts, comme elle le faisait jadis, et recommença jusqu'à sentir la lame coupante sur sa peau. Elle goûta les perles de sang qui s'étalaient au creux de sa main. Autrefois, elle conjurait de la sorte ses chagrins, par la douleur et la sève réparatrice. Sa forêt était là, intacte, pour la consoler.

Et la lune se mit à danser entre les arbres, accrochée à ses rêves anciens. Comment as-tu pu être si naïve, ma petite ? se dit-elle. De petits nuages pressés la couvraient parfois. Mais ce n'était que partie remise, car elle s'en délivrait vite, la narquoise visiteuse. Et la pâle lumière qu'elle jetait sur ces bois imprégnait l'atmosphère d'ombres adoucies comme dans les contes de fées. Naïve et bête, se dit-elle en caressant les petits hérissons qui peuplaient le sous-bois. Ils avaient mués, délaissant leur chair morte. L'intérieur des bogues avait encore la douceur de la soie. Ce lui rappela les châtaignes grillées sous la braise, les longs jours d'hiver avec le vent sur la colline échevelant les bosquets nus. Maintenant, tout n'était que douceur et pâleur de nuit calme. Alors, elle comprit que ce lien avec son enfance ne s'était pas rompu, comme elle l'avait cru, jadis, en abandonnant La Nadalie. Au contraire, il s'était fortifié de son absence. Et maintenant qu'elle se trouvait en proie au chagrin et à la désespérance, ce lui était une grande consolation que de réaliser enfin qu'elle appartenait à cet éperon de terre noble pour toujours.

*
* *

Adeline était restée sur la terrasse à attendre son retour. Elle aimait, de la sorte, se draper du voile de la nuit, de longues heures. C'était un moment rare où il lui semblait être disponible à elle-même, d'autant que rien ne venait interférer le fil de sa réflexion. Adeline avait l'esprit fantasque, l'âme vagabonde. C'était dans sa nature. On ne la changerait pas. Elle rêvait encore à quelques amants qui ne viendraient plus, à ceux qu'elle avait eus du temps de sa vie parisienne. Et elle essayait de se représenter quelle sorte de vie ils lui auraient donnée.

Jusqu'à quel âge une femme peut-elle encore intéresser un homme ? se demandait-elle en caressant ses seins lourds. Le fait que Fayolle ne lui accordait que bien rarement ses faveurs, et sans doute par devoir, n'était pas une preuve suffisante. Mais, en vérité, il y avait bien longtemps que son regard n'avait pas croisé un homme digne d'intérêt. Certes, il lui arrivait de lorgner quelques jeunes garçons, fort séduisants, mais elle n'imaginait guère entretenir ce genre de commerce dégradant avec eux. Ou alors il eût fallu que ce fût dans une maison de rendez-vous, pour y partager simplement des aventures sexuelles, sans lendemain. Ni vue, ni connue. On paye son étalon et, berlitz ! Adeline ne savait pas si de tels lieux de tolérance existaient, du moins les fantasmait-elle. Surtout depuis qu'elle avait lu dans *Français, encore un effort si vous voulez être républicains* comment le divin marquis de Sade imaginait dans une république moderne l'installation de tels établissements réservés au libertinage des femmes et placés sous la protection du gouvernement.

Pour une fois, Adeline avait une bonne excuse pour ne pas rentrer se coucher. Franck ne comprenait pas cette manie qui consistait à griller à la suite des cigarettes dans le noir. Et d'ordinaire, il venait la relancer, un livre à la main. Ce soir-là, l'excitation de la journée historique, qui avait vu le triomphe des armées gaulliennes, le tenait toujours en haleine près de son transistor. Rien ne comptait plus à ses yeux que les lauriers de la reconquête qui ornaient de nouveau la tête du général.

Coraline devina la silhouette de sa mère sur la terrasse. Du bout des doigts, elle promenait la braise incandescente d'une cigarette, minuscule point rouge dans la nuit. Elle s'en approcha à pas feutrés. Cette fois, elle ne put la surprendre et aviver en elle la moindre peur. Adeline avait senti, flairé même, sa présence, qu'elle guettait déjà dans le silence de la nuit.

— Cette fois, tu n'as pas réussi à me surprendre. Pourtant, ce n'est pas l'envie qui te manquait...

— Que vas-tu imaginer? Avec cette lune, on y voit comme en plein jour.

—Tu aurais pu choisir le moment où un nuage la voilait...

Coraline passa un bras autour du cou de sa mère. Elle vint l'embrasser sur la joue.

—Ton travail avance-t-il?

— Je n'ai pas envie d'en parler.

— Ce n'est pas bon signe, dit Adeline. D'habitude, tu es si prolixe quand il s'agit de musique. Ou alors...

— Ou alors, quoi? questionna-t-elle en se détachant de sa mère.

— Tu as peut-être changé. Plus mûre, avec les années, suggéra-t-elle. Il arrive un moment où on ne voit plus les enfants grandir. Ils sont déjà devenus des adultes, ivres d'indépendance et de liberté.

A la manière dont elle se tenait éloignée d'elle, Adeline devina que la conversation l'ennuyait.

— Tu as vu Durieux ?

— Je n'ai rien, si ça peut te rassurer. Un examen de routine, ajouta-t-elle d'une voix indifférente.

La mère écrasa sa cigarette nerveusement sur une sous-tasse. Puis, elle se mit, aussitôt, à chercher son paquet qui était tombé au pied de la chaise longue. Coraline le lui tendit.

— Est-ce que tu fleuris toujours la tombe de Rochelle ?

Adeline poussa un grand soupir.

— Quand je rêve à lui ! Le lendemain, je ne peux pas m'empêcher de lui rendre visite. C'est comme s'il m'avait appelée. C'est étrange, depuis tout ce temps, je pense encore à cet homme.

— Qu'en dit Franck ?

— Il ne sait rien. Rien du tout. Je vais au cimetière en cachette. Je crois qu'il en serait jaloux.

— Jaloux ? s'étonna Coraline.

— Rochelle, c'est ton père. Certaines de tes mimiques lui rappellent cet homme, ta manière de sourire, quelquefois. C'est troublant, troublant comme tu ne peux l'imaginer... Et ça lui fait mal.

— Alors, je ne sourirai plus.

— Je t'en prie, se défendit Adeline. Franck t'aime plus que tout au monde.

— Je sais, dit Coraline en prenant la main de sa mère.

— Rochelle a beaucoup compté pour moi. Surtout après son départ. Je me suis rendu compte que je l'aimais. Mais il était trop tard. De toute façon, rien n'aurait pu l'empêcher de partir à Londres. Il rêvait de faire une carrière de diplomate, après la guerre. Les compagnons de de Gaulle l'auraient investi, à coup sûr. C'était un homme brillant, un homme qui avait su se rendre indispensable.

— T'aimait-il, lui ?

— Je ne sais pas. Je ne le saurai jamais.

— Moi, déclara Coraline, je crois qu'il serait revenu te chercher.

— Alors, avoua Adeline, je serais partie avec lui. Franck le sait mieux que quiconque. Entre lui et Rochelle, il n'y aurait pas eu une seconde d'hésitation. C'est un constat difficile à admettre pour un homme comme lui. Toute l'ambiguïté de notre relation repose sur cette vérité. Et crois-moi, il me l'a fait payer, à sa façon, insidieusement. Mais comment pourrais-je lui en vouloir ?

— Si je n'étais pas née, insista Coraline, cette affaire n'aurait pas atteint une telle acuité.

— Nous ne serions peut-être pas restés ensemble, affirma Adeline. Tu as été notre bonheur, à tous les deux.

— Tu n'as pas envisagé un avortement ?

Adeline se redressa, vivement, sur sa chaise longue.

— Comment peux-tu imaginer une telle horreur ? J'avais besoin que tu viennes au monde.

— Franck ne t'a jamais proposé d'arranger l'affaire ? Après tout, c'était pour lui une manière chirurgicale de mettre un terme à une liaison qui l'avait blessé dans son honneur…

— Tu es cynique, jura Adeline en détournant le regard. Un cynisme propre à ta génération.

— Tu n'étais pas sûre de l'amour de Rochelle et pourtant tu as accepté de me garder. C'est difficile de porter l'enfant de quelqu'un dont on a aucune certitude.

— J'aimais Rochelle, s'écria Adeline. Ça suffisait à mon bonheur. Que cet amour ne fût pas partagé, comme je pouvais raisonnablement le craindre, n'eût rien changé. Crois-moi !

— Je le crois, dit Coraline.

— Et Franck était heureux aussi que tu viennes au monde. Tu étais devenue l'enfant que nous ne pouvions avoir ensemble.

— Je ne peux pas m'empêcher de penser que c'est le destin tragique de Rochelle qui a sublimé cette passion. Au départ, c'était un banal adultère. Un moment d'égarement.

— Toute histoire d'amour a des commencements dérisoires, dit Adeline en se laissant glisser, mollement, dans la toile de sa chaise longue. Je l'avoue, je n'ai pas su résister à Rochelle. C'était un garçon tellement charmeur. De plus, la guerre avait rendu son destin aléatoire. Il le savait. Et durant le court sursis où il vécut à La Nadalie, il était hanté par la mort. Nous nous sommes aimés avec cette peur au ventre, de nous perdre à jamais. Et je crois qu'il aurait tout autant préféré qu'il n'y eût rien entre nous, mais le désir fut plus fort que notre peur, plus fort que tout. Il faut n'avoir jamais aimé pour ne pas comprendre ça…

La conversation s'était enchaînée sans précaution aucune, à haute et intelligible voix, au point qu'Adeline réalisa, soudain, l'imprudence de son comportement. Du bureau voisin, où il avait coutume de s'attarder le soir, Franck eût pu tout à loisir entendre. Aussi se leva-t-elle en proie à la plus vive inquiétude et courut à la porte-fenêtre. Par chance, le mari n'y était pas. Et elle parut aussitôt rassurée. Ce n'était pas dans sa manière de venir remuer les eaux troubles dont elle savait le pouvoir néfaste. Combien de fois s'étaient-ils jurés de n'en jamais plus parler, par un pacte secret entre eux, un arrangement de bonne conduite ? Coraline s'amusa des craintes de sa mère. Elle ne l'avait imaginée aussi pointilleuse sur ces choses qui n'étaient plus, après tout, qu'un secret de polichinelle. Elle mit ce sursaut sur le compte des comédies de couple, ces psychodrames par lesquels les vieux amants entretiennent la braise de leur passion déclinante.

— Que crains-tu ? Franck a tiré un trait sur tout ça.

— N'en crois rien, ma petite. Ce sont là des affaires qui saignent indéfiniment. Un rien suffit à rouvrir la plaie. Ces ulcères de l'âme ne cessent de grandir dans leurs caches souterraines. Faut-il que tu n'aies jamais aimé pour faire montre d'autant de légèreté dans le jugement...

— Qu'en sais-tu ? se rebiffa Coraline.

Adeline dressa la tête. C'était un signal qui ne trompait guère. Toutefois, elle hésita à avancer une question qui lui brûlait pourtant les lèvres. Mais elle avait déjà compris que les confidences allaient venir, qu'il lui suffisait juste d'un peu de patience.

— J'en sors, fit Coraline énigmatique.

Avec son briquet, Adeline alluma le bougeoir qui trônait sur la table de jardin. Elle avait besoin de voir le visage de sa fille, de décrypter sur lui des signes intangibles.

— Après tout, rectifia-t-elle, je ne sais pas encore.

Adeline hocha la tête.

— Un garçon dans ta vie, je me doutais bien…

— Ce ne sont pas les événements que je fuis, avoua Coraline. Maintenant, tout ça m'importe assez peu.

— Tu as pourtant mis beaucoup de passion à en parler.

— Je me sens solidaire. C'est vrai. Mais ce n'est pas la raison de mon éloignement, contrairement à ce que Franck croit.

— Les hommes ne comprennent rien à nos motivations profondes. Nous autres, femmes, nous agissons par instinct, tandis que les hommes raisonnent. C'est vieux comme le monde. Ainsi commencent-ils à nous aimer, à l'instant même où nous les abandonnons. En vérité, poursuivit Adeline, les hommes sont assez bêtes. Les sentiments les effraient alors qu'ils devraient les couvrir de ravissement.

— Maman, je t'en prie, coupa Coraline. Je sais tout cela. Ce sont des banalités.

— Pourquoi as-tu fui Paris, alors ?

— J'ai senti le besoin de réfléchir. Et là-bas, je ne le pouvais plus. Trop de bruit et de fureur, d'exaspération.

— Comment s'appelle-t-il ?

Coraline dressa un regard étonné. Son nom, que pouvait-il bien lui faire, puisqu'elle ne le connaissait pas et ne le connaîtrait jamais ?

— Renaud, lui lâcha-t-elle en baissant les yeux. Je ne suis plus assurée de l'aimer. L'éloignement a fortifié en moi cette certitude.

— Que faudrait-il pour que tu continues à l'aimer ?

— Des preuves. Des preuves d'amour.

Adeline approcha le bougeoir de son visage. Une petite larme brillait sur sa joue.

*
* *

Comme promis, Paule Mauricée téléphona au milieu de l'après-midi. Coraline n'avait aucune idée de sa réponse. L'invitation était certes bien aimable, mais elle intervenait à un moment où la jeune femme n'avait envie de voir personne.

L'isolement, qu'elle avait organisé autour d'elle, comme un rempart imprenable, maçonné de silence et de lecture, lui convenait à merveille. Il lui paraissait même, à cette vitesse de croisière, que le temps coulait au compte-gouttes, comme autrefois, quand elle déplorait sa lenteur en se répétant que, décidément, elle n'en finirait jamais d'atteindre l'âge adulte. Désormais, cette lenteur lui était devenue un bienfait, un remède apaisant. Elle goûtait chaque minute avec une application soutenue, levant cent fois le nez de son livre, perdant le fil de la phrase, pour y revenir l'instant d'après, sans se souvenir de ce qu'elle avait lu.

Pour se défaire de Paule, qui insistait au-delà du convenable, elle lui accorda un rendez-vous chez Irénée le soir même.

— Qui est-ce ? demanda Adeline que le moindre mouvement dans la maison mettait en alarme.

— Seulement Paule Mauricée. Un instant, j'ai cru que c'était Renaud, ajouta Coraline.

En courant vers le poste téléphonique, elle l'avait sans doute espéré, surprise d'en ressentir, au fond d'elle-même, de la crainte et du désagrément. Après avoir raccroché, elle trouva l'idée absurde. Pourquoi aurait-il dérogé à son attitude ? Quelle force, quelle raison ? S'il avait choisi de se murer dans un complet mutisme, c'est qu'il n'avait aucune envie de lui parler, de la voir. Sans doute avait-il peur d'elle maintenant, peur de ce qu'elle viendrait à lui demander.

A cette heure, le café Bournat ne désemplissait pas. Les Pernod, les pastis, coulaient à flot. Les tournées s'additionnaient, comme on rend une politesse, à la suite. La présence de Coraline souleva des interrogations. L'intrusion d'une nouvelle tête, ça intriguait fort le petit cercle des habitués où chacun se nommait par un petit nom. Mais chacun l'avait reconnue la petite Fayolle. On avait conservé le souvenir d'une gamine un peu pimbêche, de ce temps où elle jouait les maniérées. Aussi hésitait-on à lui adresser la parole, à elle qui se tenait à l'écart de l'agitation qui les possédait. Un rapide coup d'œil lui avait suffi à mettre un nom sur tous ces visages, découvrant en même temps qu'ils avaient pris une mâle assurance. Pourtant, Coraline n'arrivait pas à croire qu'ils étaient devenus des adultes, tous ces anciens compagnons d'école qu'elle avait côtoyés des années durant. Un toupet de barbe, une mèche rebelle, quelques poils sur la poitrine, n'avaient suffi à les changer à ce point. Dans le fond du regard, il y avait encore un reste d'enfance qu'elle s'amusait à décrypter.

— Tu te souviens de Chris ? fit Paule en tirant un gars par la manche.

Le garçon hésita à l'embrasser. Mais Coraline se porta au-devant de lui.

— Oui. Bien sûr.

— Et Pierrot? Pierre Lavaud, précisa Paule, le spécialiste des barrages sur La Gane.

— Et des lance-pierres, précisa Coraline.

— Des lance-pierres, rigola-t-il. Vous en auriez bien besoin à Paris contre les CRS.

Les autres rirent aussi. Coraline baissa la tête. Elle ne savait quoi penser. Ces jeunes gens n'avaient pas l'air de contestataires. Ils venaient tout juste de passer sous la douche, avec leurs chevelures mouillées. Ils fleuraient le parfum de bazar. Et les seules traces de coup qu'ils portaient au visage étaient ceux écopés en jouant au rugby.

— On vient de disputer un match contre Sainte-Rochette. Et on a gagné six à trois, fit Chris en prenant Paule par le cou. Ça mérite une petite récompense...

Elle se dégagea d'un geste vif. C'était le genre de réflexion qu'elle ne prisait guère, Paule Mauricée, surtout devant son amie. Puis, un cri fusa, rauque, repris aussitôt en chœur par tous les types qui encombraient la salle d'Irénée : « Le CSG ne périra pas !... »

— Tu n'aimes pas le rugby ? demanda Pierrot devant la moue dubitative de Coraline.

— Je n'y connais rien.

— Tant qu'à faire de se castagner, autant le faire sur un stade, dit un des types que Coraline ne connaissait pas.

— C'est Brutus. Une pièce rapportée au Club, expliqua Paule.

— Notre pilier ! s'exclama Chris en le ceinturant comme ils avaient coutume de le faire au sortir de la mêlée.

Le type était une montagne de muscles à lui tout seul, surmontée par un visage poupin, mal rasé.

— Il a l'air méchant, fit Pierrot, mais c'est un brave mec. Sauf si on vient le caresser d'un peu trop près !

Et il fit mine de lui envoyer un coup de poing dans l'estomac. Brutus arrêta le geste d'une poigne ferme et fit une clé en douceur, pour montrer qu'il pouvait lui démantibuler le bras comme une fleur.

— T'es con, putain ! jura Pierrot en se dégageant dare-dare.

La montagne de muscles alla s'appuyer contre le comptoir avec un sourire béat. Sept ou huit Pernod dans le cornet, ça ne lui faisait pas peur. Et même une bonne partie de cogne en fin de bal, comme il en avait acquis l'habitude.

— T'es d'où, toi? demanda-t-il à Coraline. C'est la première fois que je te vois ici.

Elle regarda Paule avec ennui. Ce n'était pas exactement le genre de soirée à laquelle elle s'attendait.

— Elle vient de Paris, dit Chris. Une vraie Parigote, maintenant. Pas vrai?

— Ça chie, là-bas! nota Brutus. C'est pour ça que t'as mis les bouts? Note bien que t'as bien fait. C'est pas le genre de sport pour une belle poupée comme toi.

— Les Katangais, tu les as rencontrés? demanda Pierrot d'un air baveux. A ce qu'il paraît, c'est truffé d'armes à la Sorbonne. Merde alors!

Coraline éclata de rire.

— Qui vous a raconté des conneries pareilles?

— On l'dit, fit Chris. Mais moi, au juste, j'en sais foutre rien.

Brutus lampa une gorgée de Pernod, l'air béat. Il était le garçon le plus heureux de la terre. Ses gars du Club lui devaient deux essais, dont un qu'il avait marqué en personne, sur la ligne, avec toute une grappe de branquignols accrochés à lui. Il les avait traînés, sans désemparer, à coup de coudes, de savates. Et il fallait voir dans quel état les défenseurs s'étaient relevés, moulus et courbatus. Un haut fait d'armes. Ensuite, ses gars l'avaient porté en triomphe sous le nez des supporters qui exultaient.

— L'homme qu'a vu l'ours, glissa Paule à Coraline, discrètement. Et méfie-toi, c'est le type à te proposer la botte. Après un match, ça ne pense plus qu'à ça, décharger l'adrénaline. A moins que tu aimes ce genre. As-tu vu les poils sur le thorax ? ça nous rapproche de l'animal ?

Chris n'avait d'yeux que pour la nouvelle. Elle lui plaisait bien la petite Fayolle, bien qu'elle fût une intellectuelle, une fouteuse de merde.

— Y paraît, fit-il, qu'on ne s'ennuie pas, là-bas ?

Et à son regard chaviré, Coraline comprit ce qu'il voulait dire. Mais c'était le genre de conversation dans laquelle elle n'avait pas envie de se laisser enfermer.

— Le foutre coule sur le pavé, à ce qu'on dit, ajouta Pierrot.

— Ouais, on le sait, répliqua Chris qui ne supportait pas que son copain vînt piétiner ses plates-bandes. Faudrait avoir le prépuce bouché à l'émeri pour ne pas voir ça.

— Bon, c'est pas tout, s'écria Brutus. On va pas rester là à se les rouler. J'ai envie d'une partie de frotta, moi.

Ce cri du cœur disloqua, aussitôt, la belle assemblée. Les gars du Club Sportif Galianais s'engouffrèrent dans les voitures. Chris monta dans la 4L de Paule. Il ne voulait plus lâcher d'une semelle la Parisienne.

— Une virée à Sainte-Rochette, c'est pas une bonne idée, dit-il aux filles.

— C'était notre plan, dit Paule. Vos histoires de rugby, on s'en tamponne.

Coraline chercha dans le fond de son sac un paquet de cigarettes. Puis, elle en fit la distribution.

— T'en as eu ta claque des manifs ? Comme je comprends ça, dit le garçon.

— Tu n'y es pas du tout, répondit Coraline. J'ai eu envie de prendre l'air de la campagne. C'est tout.

— Ici on est bien, ajouta Paule. J'ai juste galéré pour trouver de l'essence. Mais on finit toujours par en dégoter au marché noir.

*
* *

Le dancing occupait les trois-quarts de la place de Sainte-Rochette, entre la poste et la fontaine. Des lumières, roses et bleues, alternaient aux claires-voies. Certaines fenêtres, grandes ouvertes pour laisser circuler l'air, étaient encombrées de vestes et de blousons. De l'autre côté de la rue, les stands de tir et de loterie agglutinaient la foule. Dans ce désordre, les enfants allaient et venaient, entre les voitures, armés de pistolets à fléchettes. Des petites filles serraient contre elles des poupées aux robes fluorescentes.

Les filles prirent leur place dans la file d'attente. Ça bouchonnait à l'entrée du bal. Paule et Coraline tendirent leurs dix francs. La matrone qui tenait la caisse leur tamponna le poignet. Payé ! Ça valait pour toute la soirée. On pouvait entrer et sortir à sa guise. Des jeunots vinrent les asperger de confettis. L'un d'eux tenta même d'en glisser une bonne poignée dans le corsage de Paule. Elle s'épousseta en maugréant. Un petit malin offrit même ses services. C'était le genre peloteur. Comme il ne lui plaisait pas, Paule le repoussa d'une main ferme.

Dans le dancing, le pelotage était l'activité principale des garçons. Ils n'étaient venus que pour ça, lever une des filles accrochées au siège. Ça n'était pas une mince affaire. Il fallait en essuyer des refus, des « non, merci » à la pelle, avant de dégoter enfin une âme compatissante. Les couples s'élançaient sur la piste, se noyaient dans la pénombre. Alors, commençaient les approches éhontées. Ça serrait, ça étreignait à tout va, ça laissait courir une main perfide jusqu'au bas des fesses. Enfin, art suprême du pelotage, se frotter ventre contre ventre, à la faveur de slows langoureux et des lumières tamisées. Complices, les musiciens enchaînaient à la suite leurs ritournelles lentes, dix minutes au moins. Ça laissait le temps aux plus malins de conduire leur besogne. Parfois, le danseur, assuré de son coup, hasardait un petit baiser dans le cou, mordillait une oreille. Seconde de vérité. C'était une hardiesse extrême, à se retrouver plaqué au milieu de la piste. D'autres garçons optaient pour des stratégies plus subtiles. Ils invitaient la même fille toute la soirée, s'accrochaient à leurs conquêtes sans désemparer. Marches, paso-doble, tangos, slows, tout y passait. Ils risquaient quelques brins de conversation, offraient des verres. Le pelotage commençait seulement minuit passé, dans l'odeur prégnante des sueurs acides et des parfums mélangés.

Chris invita aussitôt Coraline. C'était joué d'avance. Un slow, il suffisait juste de traîner les pieds et de se laisser conduire. Le garçon était du genre peloteur. Il s'était déjà fait son cinéma. Une Parisienne, rien de plus facile. Ça sait ce que ça veut. Autant être direct !

Au bout de trois minutes, il la tenait serrée contre lui, farouchement. Ça l'excitait de sentir contre son sexe le dessin de son ventre, le renflement du pubis. Dans les dix minutes, il se promettait déjà de l'inviter à sortir. Il connaissait un endroit idéal, derrière l'église, une sorte de terrain vague. Un coin peinard d'herbe rase.

Coraline patientait. Elle ne voulait pas jouer les effarouchées, en le repoussant illico. Après tout, Chris était un copain d'enfance. Ça se traite avec égard, les souvenirs, pensait-elle. Et qu'il bandât son aise contre elle la laissait de marbre. Ce pitoyable plaisir solitaire, c'était son affaire. Mais lorsqu'il se mit à rouler des reins contre son ventre, elle ne supporta plus. Quoi? se dit-elle, je ne suis pas une chienne. De celle qu'on renifle et qu'on tringle dans la minute. Elle se recula un peu et se mit à le dévisager. Le garçon eut un sourire con. Il arrêta aussitôt son manège. Le fameux film se dévida à l'envers. Et le sexe arrogant du mâle se replia dans sa coquille.

Le slow terminé, Coraline lâcha son danseur, hébété. Il la suivit quand même jusqu'à la sortie. Il ne pouvait pas se résigner à la laisser partir, sans un mot. L'amateur de baloche avait appris au moins une chose dans sa courte carrière de séducteur ne jamais rester sur un échec.

— Qu'est-ce que tu crois? s'écria-t-elle en se retournant. Que je veux me faire sauter?

— Attends voir, fit-il décomposé. On peut toujours discuter, non? J'ai été assez con, je l'avoue.

Coraline n'avait pas envie de se laisser envahir par ce type toute la soirée. Elle les connaissait bien, les mecs collants, ceux-là même qui s'imaginent parvenir à leurs fins, avec une pincée d'excuse, un zeste de larme.

— Tu me lâches un peu?

Il la tenait prisonnière contre le dancing, entre ses bras. Elle avait plaqué la main contre sa poitrine pour le maintenir à distance. C'était franchement dégueu, une telle insistance, d'autant qu'il refoulait des odeurs de Pernod.

— Pourquoi t'es venue au bal, alors, si c'est pas pour danser?

— Tu appelles ça danser, toi?

— Tu voudrais faire ça à la pépère ? T'es vraiment nulle, ma pauvre.

— Et puis merde, jura-t-elle. Les mecs, j'en ai ma claque.

Il la laissa partir à regret. C'était un rude coup. Une soirée gâchée. Les Parigotes, bougonna-t-il dans son for intérieur, c'est rien que des allumeuses !

Enfin seule, Coraline s'offrit une bière au fond du café. Paule ne tarda pas à la rejoindre. Elle aussi s'était fait harponner par un minus, un peloteur sans éducation qui lui marchait sur les pieds.

— J'ai vu tout le manège, avoua-t-elle.

Coraline n'avait pas envie d'en parler. Le bal du samedi, ce n'était pas sa tasse de thé. Elle se demandait même comment elle avait pu s'y laisser entraîner.

— J'ai vu tout de suite où Chris voulait en venir...

— Tu as l'habitude de tout ça, toi ?

Paule fronça les sourcils, comme l'autre jour où son amie l'avait soupçonnée d'être couverte d'hommes à ne plus savoir qu'en faire.

— Je me donne pas au premier venu.

— Ce n'est pas ce que j'ai voulu dire.

— Ça ne fait rien, dit Paule.

Après tout, elle s'en fichait de ce que Coraline pouvait croire. Ce n'était pas de sa faute si une image de fille dévergondée lui collait à la peau. Cette réputation lui venait, peut-être, de la manière de se vêtir, de se déplacer tout en déhanchement, de jouer du regard.

— Je ne suis pas tout à fait normale, s'interrogea Coraline. Mais Christian Lafon ne m'intéresse pas.

— Alors pourquoi danser avec lui ?

La Parisienne la fixa avec étonnement. Elle semblait tomber des nues. Ce n'était tout de même pas la première fois qu'elle s'aventurait sur une piste de danse. N'avait-elle pas déjà passé des nuits entières au Bataclan, au Bus Palladium, au Tabou ?

— Quoi ? Ça n'engage à rien.

Paule éclata de rire.

— Ici, un slow, c'est comme si tu avais déjà dit oui.

— D'ordinaire, je fais passer les sentiments avant le sexe. C'est mon côté démodé.

— Les garçons ne voient pas les choses comme nous...

— Cesse de me traiter comme une petite fille. Tu te souviens, autrefois, tu avais déjà cette manie de vouloir tout m'apprendre. Je faisais semblant de ne rien comprendre pour ne pas te vexer. Tu étais tellement susceptible.

— Heureusement que ça m'a passé.

— Et puis, avoua la Parisienne, je n'ai pas le cœur à ça. A un autre moment, peut-être me serais-je amusée des avances de Chris.

Paule se mit à la dévisager, gravement. Depuis la première seconde de leurs retrouvailles, elle avait flairé un malaise.

— Toi ? fit-elle en plissant les yeux, tu viens de plaquer ou d'être plaquée...

— Pas encore.

— Tu ne sais pas comment t'en dépêtrer. Alors, tu as pris la fuite, c'est bien ça ?

Coraline hésita. Rien ne l'obligeait à des confidences. Surtout pas cette sollicitude qu'elle lui tendait comme une perche et qui lui rappelait, en somme, Izabelle. Au terme, elle se disait qu'elle obtiendrait, à peu près, la même réponse. Car Paule appartenait à la même race de fille, volontaire et conquérante.

— Cette atmosphère de fête m'ennuie, dit Coraline. Peut-être serions-nous mieux inspirées d'aller voir ailleurs.

Paule soupira en écrasant sa cigarette au fond du cendrier.

— Je crains qu'ailleurs ce soit la même chose.

*
* *

Leïla n'avait qu'un regret, c'était d'avoir raté cette révolution qui faisait rage au Quartier. Elle en avait suivi les péripéties à la radio : l'évacuation de la Sorbonne par les forces de l'ordre, les premières barricades de la rue Gay-Lussac, la prise de l'Odéon… Il avait même fallu qu'elle se fît violence pour ne pas retourner à Paris. Aussi buvait-elle chaque parole de sa voisine avec passion. L'encerclement de l'université, les gifles dans le commissariat de police, les gaz lacrymogènes, le siège de la rue d'Ulm, c'était tout ce qu'elle aurait voulu voir de ses propres yeux et que la malchance lui avait interdit.

Les deux filles occupaient tout l'espace du box où elles s'étaient réfugiées, collectionnant devant elles, sur une table basse, les canettes de bière et les verres de gin. Et chaque fois qu'un type venait les inviter à danser, le malheureux se faisait rabrouer, vertement, dans les rires et les sarcasmes. L'alcool, la complicité des mots et des idées leur prêtaient toutes les hardiesses.

Dès son arrivée au Tacot, Paule s'était laissé emballer par un beau ténébreux, genre représentant de commerce en goguette. Coraline avait commandé un gin. C'était sa boisson favorite passée une heure du matin. Puis les trois musiciens, qui trônaient sur une scène minuscule, dans la fumée bleue des cigarettes, jouèrent un jerk. La

Parisienne décida alors que cette danse était faite pour elle et, aussitôt, elle se retrouva à gesticuler devant une jolie fille brune qui semblait s'amuser autant qu'elle.

— Tu es dans la musique, dit Leïla, et moi j'écris des pièces de théâtre. Mais c'est la galère pour les faire jouer. Il n'y a que des troupes amateurs. Et tu sais ce que ça représente l'amateurisme... Quant aux comédiens professionnels, ce sont des cossards peureux. Des petits cons subventionnés. Ça ne prend pas de risques. Tu peux me croire. Sinon revisiter, revisiter comme ils disent avec un air précieux, Molière, Shakespeare... En fait de revisiter, ces petits cons se contentent de mettre du Pink Floyd sur un Hamlet en costume de ville et d'habiller Ophélia en porte-jarretelles.

Coraline écoutait les furieuses paroles de la nuit en éclusant son gin. Après deux heures du matin, il n'y a plus de retenue, plus de frontière, plus de pudeur, pensait-elle. Chacun prend plaisir à dépouiller sa belle âme. Et Leïla n'en finissait plus de fulminer contre le siècle, la veulerie des bourgeois, la lâcheté des intellectuels de gauche, l'égoïsme des politiciens. Et toujours, s'en revenait à ses rêves impossibles, faire jouer une de ses pièces.

— Tu pourrais m'en confier une ? suggéra Coraline.

Leïla accueillit sa proposition avec scepticisme. Combien de fois, par ces nuit embrumées, avait-elle répondu à ce genre d'invitation ? Sans succès. Il ne manquait pas les Jean Vilar de tous genres au fond de leurs centres culturels à vouloir changer le monde, les bricoleurs d'éducation populaire. Les jugements étaient toujours les mêmes : trop moderne, trop cher. Toujours trop quelque chose.

— Tu la lirais ?

— Bien sûr.

— On ne se connaît pas.

— Les plus grandes aventures humaines ont débuté avec des gens qui ne se connaissaient pas.

— Tu fréquentes ce milieu, au moins ? insista Leïla. Sinon, ça sert à rien.

— Comme tu voudras…

La jeune femme parut réfléchir.

— Tu as l'air un peu moins conne que la moyenne. Alors, je te ferai lire *Les Sorcières*.

— Va pour *Les Sorcières*, dit Coraline en trinquant.

X

Coraline était occupée à composer son dix-septième chant lorsqu'on vint frapper à sa porte. Elle mit quelques minutes à émerger de sa torpeur. Elle se trouvait alors dans l'état d'un plongeur qui doit accéder à la surface des eaux par paliers de décompression. Une main impatiente se risqua même à faire jouer la poignée de la porte. Heureusement, avant de s'atteler à l'ouvrage, elle avait pris soin de fermer le verrou.

Elle porta à son visage baigné de sueur une serviette éponge et l'essuya précautionneusement. Puis, elle alla effacer les taches d'encre, qui maculaient ses doigts, dans le petit lavabo qui jouxtait une table de nuit encombrée de cosmétiques.

Une visite? Qui cela pouvait être? Elle pensa à Paule Mauricée et se demanda si c'était bien la peine de descendre pour elle. En la quittant, la dernière fois, Coraline lui avait recommandé de ne plus renouveler l'expérience de Sainte-Rochette.

Devant son miroir ovale accroché au mur, surmonté d'une branche de buis décolorée, elle rectifia l'ordre de sa coiffure, en dégageant l'élastique qui maintenait sa queue de cheval. Du bout des doigts, elle redonna un peu d'aise à ses cheveux plaqués. Le brin de buis semblait la narguer. Et Coraline songea que, malgré un athéisme profond et révéré, sa mère n'avait pas encore renoncé à en faire bénir quelques brins à la messe des Rameaux. Elle assumait même cette contradiction avec le plus grand sérieux, puisqu'à ses yeux il ne s'agissait que de tradition. D'un geste d'agacement, elle jeta le rameau dans la corbeille à papier. De la même façon, elle supprimait les crucifix dans les chambres d'hôtel chaque fois qu'il lui arrivait d'en croiser. Cette sanctification de la torture et de la mort lui soulevait des haut-le-cœur. C'était déjà bien suffisant la manière dont on traitait l'espèce humaine sur tous les continents sans y ajouter l'obscène sacralisation des stigmates.

Elle fit couler un peu d'eau froide sur son visage, gomma la pâleur de son teint d'une touche de mascara, souligna d'un trait charbonneux son regard. C'étaient là des gestes automatiques qu'elle répétait plusieurs fois par jour, même quand il ne s'agissait que de paraître devant ses parents.

Renaud se trouvait assis à l'endroit même où Coraline avait l'habitude de lire ou de rêvasser, dans le fond de la bibliothèque. Adeline avait conduit le visiteur en ce lieu pour le faire patienter, non sans avoir vainement essayé de lui tirer quelques mots. Le garçon était aussi triste qu'à l'ordinaire, les traits creusés par la fatigue. Coraline avança d'un pas hésitant, puis s'arrêta à trois mètres de lui. Le jeune homme fit le reste du chemin qui les séparait. Puis, il la prit dans ses bras.

Adeline était venue se placer dans l'encoignure de la porte, un peu en retrait pour qu'on ne soupçonnât pas sa présence. C'était la première fois qu'elle voyait en chair et en os un amant de sa fille. Et ça l'intriguait fortement qu'elle eût cette sorte de goût. Le garçon, en vérité, lui avait fait une mauvaise impression. Un atrabilaire, jugea-t-elle au premier regard, un psychorigide. De quoi s'emmerder toute la vie ! Mais en découvrant le peu d'enthousiasme de sa fille, elle fut aussitôt rassurée. Après tout, c'est peut-être lui qui court après elle. Tout le moins, je doute que ça nous fasse, un jour, un couple convenable. Adeline se retira dans sa cuisine sur la pointe des pieds. Il lui restait de quoi s'occuper : briquer les cuivres au Mirror. C'était sa manie, faire briller les objets inanimés. L'âme des souvenirs, disait-elle souvent. Car toute cette bimbeloterie, cette quincaillerie, étaient les derniers vestiges de son enfance, du temps où son père tenait, sur le boulevard Sébastopol, la plus belle boutique d'antiquités de Paris.

— Qui t'a dit que j'étais en Corrèze ? questionna Coraline.

Les mains au fond des poches, Renaud fixait la pointe de ses chaussures qu'il écartait et rapprochait, alternativement. C'est incroyable et confondant, pensait-il. J'ai fait sept heures de voiture, galéré de station-service en station-service, traversé des villes encombrées de manifestations, tout ça pour entendre une question idiote.

— Est-ce bien important ? fit-il d'une voix cassée. L'essentiel n'est-il pas que je sois là près de toi ?

L'accueil lui restait sur l'estomac. En quittant Paris, il avait misé sur les vertus de l'éloignement. Elle aura enfin réfléchi à ce qu'il convient de faire, tranché la question, s'était-il dit. Enfin pourrons-nous passer à autre chose. Regagner le terrain perdu…

— Je veux le savoir, insista Coraline, car j'avais passé la consigne pour qu'on me laisse tranquille. Et on m'a trahie. C'est désagréable au possible de découvrir, décidément, qu'on ne peut compter sur personne.

Devant ce ton ferme et décidé, Renaud se referma sur lui-même comme une huître. Je la retrouve telle qu'à Paris, l'amertume au cœur, se dit-il en baissant toujours la tête, ce qui n'était pas le signe d'un grand courage.

— Me le diras-tu, oui ou non ?

— Non.

Il ne se sentait pas le droit de trahir la personne qui l'avait mis au parfum. Ce misérable petit point d'honneur le rendait encore plus pitoyable qu'il ne voulait paraître. Et Coraline le délivra de ses scrupules. Presque par pitié.

— Tu n'as pas besoin de me le dire. J'ai deviné. C'est cette idiote d'Izabelle. Elle ferait mieux de s'occuper de ses fesses. Mais, j'imagine, tu as été pleurer dans son giron. Il n'y a que les types pour s'avilir à ce point.

— Je ne me suis pas avili. Et je n'ai pas pleuré, rétorqua-t-il. C'est ton attitude qui me pose chagrin.

Coraline était déjà sortie sur la terrasse. Elle se doutait bien que sa mère pouvait tout entendre de leur conversation. Et ce n'était décidément pas la peine d'en rajouter. Renaud la suivit jusqu'au milieu du parc, dans cette partie en pente douce qui conduit vers la serve, les hauts murs qui protègent des premiers bois de La Gane. Jadis, cette déclivité lui servait de rampe de lancement pour ses cerfs-volants. Elle n'avait plus qu'à se laisser gagner par la vitesse et, à hauteur de la mare, c'était bien le diable s'ils n'avaient pas pris le courant ascendant. Elle se mit à sourire en pensant à ses petites jambes qui trottinaient sur le vert tapis. Son père avait filmé ces scènes à l'époque où il s'était entiché d'une caméra super 8.

Renaud la suivit jusqu'au milieu du pré, comme un petit chien, en traînant son ombre fatiguée. Il restait six pas en arrière, s'arrêtait quand elle s'arrêtait.

Et derrière sa vitre, Adeline suivait le spectacle, éberluée. Une histoire sans parole. Elle avait compris que Coraline avait pris sa décision et qu'elle allait enfin s'y conformer, aussi cruelle qu'elle fût. La fuite n'avait pas suffi à résoudre son affaire. Désormais, elle s'engageait dans une sorte de face à face aussi vieux que le monde, aussi vieux que l'amour et la haine.

Coraline se retourna pour le considérer, son bel amant, perdu au milieu du pré. Elle le trouva petit et laid, comme elle ne l'avait jamais vu auparavant.

— Tu dois m'écouter.

— Je ne dois rien. Je ne te dois rien, rectifia-t-elle.

Ils s'engagèrent dans la roseraie, sous les grappes rouges. Cela embaumait l'atmosphère, prêtait à la scène des couleurs de carte postale. Quand il fut à côté d'elle et qu'elle accepta de l'écouter, il se mit à bafouiller, tellement les idées se pressaient dans sa tête. Pour les remettre en ordre, il eût fallu lui laisser le temps de reprendre son souffle. Mais elle ne s'en souciait guère. Déjà, elle pensait à l'instant où il lui faudrait le rabrouer, puisque telle était la règle du jeu qui venait de s'engager, n'offrir à l'adversaire aucune prise. Elle savait Renaud adroit à cet exercice. Et s'il avait eu raison d'elle, quelquefois, c'était bien parce qu'elle lui en avait laissé le loisir, par indolence, par mansuétude.

— J'ai longuement réfléchi, l'assura-t-il.

— Moi aussi, fit-elle.

— Cet enfant arrive au mauvais moment.

— A ta place, je ne poserais pas la question comme ça. Je me demanderais : est-ce que je l'aime encore ? Est-ce que je l'aime au point d'avoir un enfant avec elle ?

— Bien sûr que je t'aime, s'écria-t-il en cherchant à l'approcher pour la prendre dans ses bras.

C'est tout ce qu'il savait faire, la serrer contre lui, avec force, comme si les interrogations eussent dû s'éclipser d'elles mêmes. Elle reflua d'un pas. Je ne suis pas un objet dont on peut disposer à sa guise simplement avec des caresses. Coraline avait deviné que Renaud est de cette sorte d'hommes qui croient que tous les problèmes se résolvent dans le plaisir sexuel, qu'il suffit d'ouvrir une braguette pour que l'on se pâme devant eux. Elle pensa qu'ils étaient légions ceux qui pouvaient lui apporter cette émotion fugace. A ce compte, pourquoi n'avoir pas cédé au beau Chris ?

— Certes, tu as pour moi des sentiments qui ressemblent à de l'amour, reconnut-elle. A première vue, on pourrait s'y tromper. Et d'ailleurs, je suis tombée dans le panneau. Mais je crois que tu n'as, pour moi, qu'une attirance physique. Ce n'est déjà pas si mal, flagorna-t-elle.

Il lui fallait puiser dans ses réserves de résistance à l'émotivité pour se contraindre à cette froide analyse. Un rien pouvait la faire fléchir, au risque de tout ruiner. Ces mots hautains, qu'elle lui jetait en plein visage, comme une gifle, étaient cruels à dessein, pour qu'il sût enfin qu'il n'y avait plus rien à espérer. D'un autre côté, elle n'était pas sûre qu'il ne l'eût pas aimé plus qu'elle ne le disait maintenant, mais pour la suite de son histoire il était essentiel qu'elle en noircît la réalité. Coraline avait longuement réfléchi à la manière d'aborder son problème. Certes, elle avait imaginé que la rupture projetée se serait déroulée en un tout autre endroit que les terres sacrées de son enfance, dès son retour à Paris, par exemple. Mais le lieu, le moment et les circonstances ne changeaient rien à l'affaire.

— Tu caricatures, jura-t-il. Tu dénatures. C'est un jeu subtil et affreux que tu viens m'imposer là. Tu décides de mes sentiments. Qu'en sais-tu, au juste ?

— Je sais ce que je représente. Un bel objet de compagnie auquel tu t'étais habitué. C'est vrai, je ne suis pas si mal, dans le fond, fit-elle en tournoyant sur elle-même comme si elle se trouvait placée sous les feux de quelques projecteurs. Je ne détonne pas trop dans le décor de ta vie. Je suis assez présentable. Je possède un peu de conversation. Bien que, quelquefois, mes opinions soient scabreuses. J'en conviens. Mais c'est tout. Tu n'as que de l'admiration pour moi.

— Je suis sincère, batailla Renaud. Je l'ai toujours été. Te souviens-tu de notre voyage à La Rochelle ? Je ne peux pas croire que tu as tout oublié. Ou alors, tu ne m'écoutais pas. Tu te disais : Il me parle joliment de son amour mais je n'en crois rien. Goûtons cet instant de bonheur parce qu'il est éphémère. Et après, nous verrons bien.

— J'ai découvert que tu ne m'aimais pas le jour où je t'ai annoncé que j'étais enceinte. Si tu avais pu voir sur ton visage le dégoût. Tu te serais effrayé toi-même.

Le jeune homme se sentit envahi par un extrême abattement. C'était une sacrée estocade qu'elle venait de lui porter là. Elle était d'autant plus assassine qu'il savait, lui, dans son for intérieur, qu'elle ne mentait pas. Elle avait lu sur son visage, comme dans un livre ouvert, ce sentiment terrible qu'il n'avait su dissimuler. Il n'avait pas envie de cet enfant. Mais il ne comprenait pas que son existence pût les opposer de la sorte, puisque dans la même seconde il avait senti que Coraline ne le désirait pas non plus. Et, soudain, il céda, parce qu'il avait envie d'un peu de vérité, comme un souffle d'air pur.

— Oui, cria-t-il. C'est vrai. Je ne veux pas de cet enfant. C'est terrible, mais c'est ainsi. Je l'avoue. Je ne suis pas prêt pour ça. J'ai besoin de liberté pour accomplir mes projets. Mais, toi non plus, tu n'as pas envie de le garder. Je suis sûr de ce que je dis. J'en mettrais ma main à couper. Avoue-le que tu ne veux pas ça. Avoue-le donc! Aie donc un peu d'honnêteté. Mais tu ne le diras pas. Tu préféreras en reporter la faute sur moi. C'est plus confortable. Je suis le méchant géniteur irresponsable. Celui par qui le scandale arrive...

Coraline s'était avancée près de la serve. De petites poules d'eau se faufilèrent entre les massettes et les iris d'eau qui peuplaient la berge. Elle suivit du regard leur fuite éperdue et craintive. C'était rare qu'elles prissent l'envol. Bien des fois, elle avait noté ce détail. Elles préféraient le sous-bois pour se mettre à l'abri des buissons noirs.

— Qu'aurait-il fallu que je dise? s'écriait Renaud. Que je voulais cet enfant? Est-ce que ta conscience aurait été libérée pour autant?

— Tu m'as laissée assumer, seule, la faute, fit-elle. Tu te disais: Je fais le mort et, pendant ce temps, elle sera bien obligée de prendre sa décision. Ensuite, tout ça ne sera plus qu'un mauvais souvenir. Un peu de sentiment et trois discours suffiront à apaiser la crise.

*
* *

D'un commun accord, ils décidèrent de n'en plus parler. A pas nonchalants, ils s'en revinrent à la maison. Le docteur Fayolle salua le nouvel arrivé avec déférence. Cet homme possédait un sens développé de l'hospitalité. Il l'avait montré à d'autres époques. Ce lui avait même joué quelques tours. Pour l'heure, il ne savait rien des relations réelles que sa fille entretenait avec ce garçon. Il pouvait supposer qu'il était ou qu'il avait été son amant, puisqu'Adeline n'en avait rien dit. Dans le fil de la soirée, le médecin trouva même son voisin fort intéressant pour son âge. Voilà un étudiant qui a les pieds sur terre, nota-t-il, et ça ne court pas les rues en ce moment. Forcément, ils avaient à peu près, ou peu s'en fallait, les mêmes vues sur les événements.

Tandis que les deux hommes discouraient sur l'issue des futures élections législatives que le président avait annoncées, Coraline lisait dans le coin de la bibliothèque. Un moment, la conversation prit un tour cocasse, lorsque Franck se mit à faire des compliments sur sa fille. Renaud ne put qu'exulter. Coraline jeta alors un regard amusé par-dessus ses lunettes rondes.

— Papa ! Ce que tu peux dire sur moi indiffère mon ami.

— Quoi ? dit Fayolle. C'est bien ton ami, tout de même.

Adeline lui roula des yeux effarés. Cela ne fit que renforcer son opinion des hommes, aucun sens de la psychologie la plus élémentaire. On décida de garder le visiteur pour la nuit. Il y avait assez de chambres disponibles à La Nadalie.

— Inutile de se mettre en quatre, conseilla Coraline. Renaud ne reste pas. Demain, il retourne à Paris, à la première heure. Mon cher papa, peut-être pourrais-tu lui trouver un peu d'essence ?

Rien de plus simple. Les autorités préfectorales avaient exigé des pompistes que les médecins fussent servis en priorité.

*
* *

Coraline travaillait à sa partition depuis les premières lueurs de l'aube, comme elle avait coutume de le faire, lorsque sa mère vint déposer un paquet derrière la porte de sa chambre. A travers l'huis, elle annonça que c'était un colis que le facteur venait de remettre. Un imposant dossier? insista-t-elle pour attiser son attention dans l'espoir qu'elle daignerait enfin lui ouvrir.

Adeline avait grande curiosité de connaître ce travail qui l'occupait tous les matins. Maintes fois, elle avait essayé de la faire parler, mais sa fille entourait ses activités créatrices du plus grand mystère. Peut-être craignait-elle que celles-ci fussent, une fois encore, déçues, ce qui lui éviterait de s'en expliquer.

Contrariée, la mère redescendit dans sa cuisine. Elle maugréait contre tant d'ingratitude, se demandant s'il ne valait pas mieux élever des chats plutôt que des enfants. Elle n'était pas loin de penser la même chose des hommes, entre ceux qui avaient passé dans sa vie comme des météores et celui qui s'était accroché à elle, sans rien lui offrir d'autre que la sécurité matérielle.

Sa page terminée, Coraline récupéra la grosse enveloppe posée derrière sa porte. Elle en déchira le rabat, fébrilement. C'était le manuscrit que Leïla lui avait promis, voici une semaine, *Les Sorcières*. Elle réalisa alors qu'elle avait oublié l'existence de cette fille. Une belle brune au teint espagnol avec des yeux bleus en amande. Elles avaient pourtant devisé de longues heures, mais la visite de Renaud à La Nadalie, cette somme d'émotions, avait suffi à la reléguer dans les oubliettes. Elle chercha même, au dos de l'enveloppe en papier bulle, comment elle se nommait. Amrouche. Leïla Amrouche. Elles s'étaient quittées à l'aube, passablement ivres. Et elles avaient oublié d'échanger leurs cartes. Seule, Leïla, apparemment, avait retenu son adresse de mémoire. C'était une fille organisée et qui avait, de surcroît, de la suite dans les idées. Et maintenant, cela l'intriguait fort qu'elle eût donné suite, alors qu'il y avait peu de chance qu'elle obtînt d'elle la moindre réponse. J'ai d'autres chats à fouetter, pensa-t-elle, que de pousser les œuvres d'inconnus. Mais telle était Coraline Fayolle, passé minuit, généreusement stupide, terriblement sociable. Pourtant, cela lui avait déjà joué de sales tours, cette bienveillance, comme le jour où elle avait promis à un camarade du Conservatoire de le présenter à Betsy Liancourt. « Ma chère petite, lui avait répliqué la musicienne d'un ton aigre, vous n'allez pas prendre l'habitude d'encombrer mon carnet de rendez-vous de toutes vos conquêtes ? » Ensuite, il lui avait fallu se dédire honteusement, reconnaître qu'elle n'était pas assez intime avec la grande compositrice pour obtenir la moindre entrevue.

Après le déjeuner, elle s'attarda à la bibliothèque. Ce jour-là, Franck était en pleine forme. Il avait acquis la certitude que les gaullistes emporteraient les prochaines élections et que les étudiants, même les plus enragés, s'en retourneraient, après les vacances, dans leurs universités, comme si de rien n'était. « Tout ce beau charivari s'estompera comme il aura éclaté, dans la confusion », disait Fayolle en prenant un malin plaisir à tourner le couteau dans la plaie. Cette prophétie ne faisait même plus enrager Coraline. Elle s'était préparée mentalement à ce naufrage et se répétait que la musique, seule, requerrait désormais de l'importance à ses yeux. La preuve, elle s'y adonnait, sans répit. Les beaux visages de Frédérik et d'Izabelle s'estompaient aussi, au fil des jours. Elle en arrivait même à croire qu'elle ne les reverrait plus jamais, ces deux oiseaux dont le lien amoureux restait pour elle encore une énigme, tant ils ne se ressemblaient guère. La fin des illusions sonnera le glas de leurs amours, pronostiquait-elle. Comment parviendrait-il à la tenir en état de séduction, sa belle aimée, avec l'effondrement des rêves qui les avaient possédés l'un l'autre, la débâcle des idées qui l'avaient rendu si beau et fort, comme un chevalier du temps jadis ferraillant contre toutes les injustices du monde ?

Coraline quitta la fraîche pénombre de la bibliothèque et sortit dans la pleine chaleur de l'été qui s'installait. Se bronzer, pensa-t-elle, il n'y a rien à faire d'autre de plus intelligent. Elle tira la chaise longue au bord de la terrasse. Puis elle ôta sa robe. Elle portait un maillot de bain jaune, deux pièces, un peu juste. Elle promena une main sur son ventre et en pressa les chairs. Se pourrait-il que ça commence à poindre ? Jusque dans les replis de sa chair, elle chercha ce qui aurait pu en modifier la forme. Dix semaines, se dit-elle. C'est assez ! Il est temps d'agir. Et elle enleva le haut. Coraline possédait de petits seins ronds dont elle n'était pas satisfaite. Elle enviait ceux d'Izabelle, de Paule. Elle les caressa aussi, d'une main ferme. Ils étaient durs et lourds. Et les aréoles brunes semblaient s'être élargies. Les pointes lui faisaient mal au toucher, comme lorsqu'elle faisait l'amour trop longtemps.

Cette excitation lui parut dénuée de raison, car elle n'avait aucun désir d'homme. Au contraire, elle se sentait indisponible pour le plaisir des sens, travaillée par une effervescence qui l'écœurait rien que d'y songer. Elle se persuada que son esprit, seul, s'opposait à cette idée de l'amour et que le corps, lui, pouvait se satisfaire de n'importe quelle situation pourvu qu'on eût envie de le solliciter. Renaud ne lui avait-il pas demandé, à l'instant de leur séparation, de faire l'amour une dernière fois. Elle avait accueilli sa proposition avec amusement. C'est bien là tout ce dont les hommes sont capables, avait-elle pensé, céder à leurs pulsions mécaniques, même dans les pires circonstances. Elle pouvait le comprendre, ce malheureux garçon en train de prendre congé. Du fond de son désespoir, ne songeait-il pas à la mort, à la mort d'un amour, qui requiert une fête, une ultime fête des sens ? C'était ainsi qu'il avait encore espéré cette rupture. « Tu serais déçu... », avait-elle répondu. Et il avait compris qu'il ne leur resterait plus désormais en partage que les souvenirs, comme des photos recluses au fond d'une boîte.

C'est alors que Coraline repensa à Leïla et à son manuscrit qu'elle lui avait adressé, comme on jette une bouteille à la mer. Elle remisa un soutien-gorge et monta dans sa chambre. Aussitôt installée sur la terrasse, elle en débuta la lecture.

La pièce commençait par une fête dans un château, en 1420, sous le règne de Charles VI le Fou. Le duc, un certain Henri de La Trémôlet, présidait une étrange cérémonie orgiaque avec déguisements et travestissements, dans le style du fameux bal des Ardents. En fin de soirée, le seigneur jeta son dévolu sur une petite servante. La boisson aidant, le duc se fit aider de ses gens, tout aussi avinés que lui, pour violer la malheureuse enfant. Dans le tableau suivant, on retrouvait la même servante, Rosetta, grosse — comme on disait alors —, aux côtés de deux femmes, Gwenilda et Iris. Ces dernières s'employèrent à convaincre la soubrette de se débarrasser du bâtard qui poussait dans sa chair. Au reste, ce n'était pas la première fois que les faiseuses d'anges délivraient les soubrettes des turpitudes seigneuriales. Ce genre de viol était fréquent au château. Dans l'acte suivant, un conseil formé de prêtres, de casuistes et autres fous de Dieu, interrogeait la malheureuse Rosetta, jusqu'à lui faire avouer le forfait des sorcières. Puis, au dernier tableau, Gwenilda et Iris étaient jugées en procès de sorcellerie. Coup de théâtre: Rosetta révéla à l'assemblée que l'auteur du bâtard avorté n'était autre que le duc lui-même. Secret de polichinelle, en vérité, mais l'hypocrisie et la forfaiture régnaient en maître dans cette contrée. Pour étouffer le scandale, les casuistes conseillèrent, avec force intimidation, à Rosetta d'abjurer son accusation. Ainsi aurait-elle la vie sauve. Ce qu'elle fit. Dès lors, plus rien ne s'opposait à ce que Gwenilda et Iris finissent sur le bûcher. Quant à Rosetta, les rigueurs du couvent étoufferaient à jamais sa voix blessée.

Malgré quelques longueurs, les interminables joutes oratoires durant la fête, les digressions bibliques dans le procès de sorcellerie, l'ouvrage la séduisit. Le ton et sa manière froide de poser les arguments, sans passion ni affect, lui parurent assez modernes. L'auteur laissait, en vérité, le public juger de l'affaire, sans l'y contraindre, comme la mauvaise habitude en était devenue la règle dans le théâtre engagé, genre qu'elle abhorrait d'une manière générale.

Tout ça mériterait d'être mis en musique, se dit-elle. Ça nous ferait un petit opéra tout à fait convenable. Il suffirait d'y opposer par une construction purement symétrique deux langages musicaux, la psalmodie traitée à la manière d'un Arvo Pärt pour l'univers seigneurial et la sauvagerie rythmique d'un Stravinski pour celui des sorcières communiant avec les forces obscures. D'un œil avisé, Coraline avait déjà planifié ses plans sonores. Mais il importait avant toute chose que l'auteur fût d'accord de voir sa pièce transformée en un livret d'opéra. Rien n'était moins sûr. Les auteurs de théâtre avaient souvent des préjugés défavorables quant à autoriser la musique sur leurs dialogues. Il en allait de même des poètes qui jugeaient que la musicalité des mots suffisait à l'accomplissement de leur œuvre. Afin d'être fixée, il suffisait juste de revoir Leïla Amrouche, non point au Tacot qui n'était pas le lieu idéal, mais dans un paisible endroit où il serait loisible de discuter. Il fut convenu d'un jardin public, par une belle fin d'après-midi.

En remontant l'allée, entre des massifs d'iris bleus et de sauges rouges, Coraline découvrit avec intérêt que la jeune femme avait devancé l'heure du rendez-vous. Cette impatience lui parut un bon point. Et elle jugea que la partie serait vite gagnée. Leïla Amrouche était de noire vêtue, chemisette ras du cou et pantalon patte d'éléphant. Sa chevelure noire était tirée en arrière et finissait en queue de cheval au milieu du dos. Cette coiffure stricte dégageait un fin visage ovale marqué par le rouge incarnat de lèvres outrageusement fardées. Coraline avait compris, et déjà au Tacot lors de leur première rencontre, que Leïla tenait à son type espagnol, à son style « noce de sang » qui lui collait à la peau.

Les deux femmes se serrèrent la main. Leïla avait la poigne énergique et le regard pénétrant. Ses yeux noirs brûlaient d'une passion contenue.

— J'ai la conviction que *Les Sorcières* feraient un excellent livret d'opéra, annonça Coraline tout de go. Et je me propose d'en composer la musique.

— Qu'est-ce que c'est que cette embrouille ? s'éleva Leïla. Un opéra ? Et quoi encore ? C'est d'un vieillot.

— Un drame musical, si tu préfères, ajouta la Parisienne.

Et elle se mit à lui expliquer quelle sorte de musique on composait, désormais, puisque Leïla ne connaissait à peu près rien sur le sujet. Au fil de la conversation, le projet la séduisit. Mais quand elle vint à lui suggérer les coupes qu'il faudrait pratiquer dans le manuscrit pour alléger l'action et lui donner plus de force, elle se rebella. *Les Sorcières*, c'était un de ses premiers textes. Elle y tenait, à la virgule près. Coraline admit que les coupures, dans un ouvrage, littéraire ou musicale, constituaient toujours un choix douloureux auquel on ne pouvait se soustraire. « Toute œuvre doit être ciselée au millimètre, insista-t-elle, si l'on veut conserver quelque chance de la voir naître. »

Leïla avait rêvé un autre destin pour sa pièce. Les décors, les costumes, tout était conçu dans sa tête. Ainsi lui demandait-on de renoncer à un beau rêve et d'accepter que ses dialogues fussent chantés, soumis aux contraintes d'une ligne musicale. Ça l'ennuyait encore plus de devoir en partager la paternité, car l'histoire retenait plus facilement le nom des compositeurs que celui des librettistes. Ce scrupule enfantin amusa Coraline. Elle avait tout imaginé, sauf cette sorte de réticence. Aussi décida-t-elle de lui laisser le temps de la réflexion.

XI

C'était décidé. Irrémédiablement. Et rien n'aurait pu l'en dissuader. Elle avait pris sa décision. Tout s'était joué dans sa tête, à l'instant même où Renaud avait quitté La Nadalie. Pour se rassurer, elle se disait qu'il portait une part de responsabilité, qu'il avait voulu, lui aussi, la mort de cet enfant. Désormais, le docteur Durieux n'avait plus qu'à officier.

Quatre jours avant l'opération, le médecin la mit sous antibiotique. C'était une garantie en cas de complication. Ils convinrent d'un rendez-vous pour le dimanche après-midi où Durieux était de garde. Ainsi disposait-il du cabinet pour lui tout seul, sans éveiller le moindre soupçon. L'affaire fut expédiée dans la salle de soins, parmi les odeurs d'éther. Sans une parole. C'était une besogne à laquelle il rechignait. Mais il devait bien ça à son vieil ami Fayolle qui l'avait aidé à s'installer autrefois, sans lui demander la moindre participation financière. Auparavant, Coraline avait obtenu l'assurance du plus grand secret sur cette malheureuse affaire. Cette dernière exigence avait chagriné Durieux. Que se passerait-il si d'aventure l'intervention tournait mal? Dans sa courte carrière, le médecin avait eu à gérer des risques semblables. Et il s'en accommoda, une fois encore, sans état d'âme.

L'opération laissa la patiente sur le flanc. Le médecin décida alors de la garder près de lui, en observation, au moins une nuit. Il l'installa dans son appartement de Brive. C'était une belle tanière de célibataire endurci, emplie de livres, de disques. Laurent Durieux occupait ainsi ses loisirs, en pur casanier. De temps à autre, il s'autorisait des voyages lointains. Les femmes qu'il fréquentait à la suite, sans se fixer — comme on le sait —, ne l'accompagnaient jamais dans ses plaisirs solitaires. Et du reste, il n'éprouvait aucune envie de partager avec elles ses émotions intellectuelles. Les murs étaient recouverts de chromos sous verre, rien que des voitures de luxe, de celles qu'il possédait ou qu'il avait possédées à celles qu'il rêvait d'acquérir. Il fut amusé de la manière dont sa visiteuse auscultait son domaine réservé, fouillant dans tous les recoins avec des airs sous-entendus.

— Vous vivez seul ? nota-t-elle en apercevant, par la porte entrouverte de la cuisine, le désordre de l'évier.

— Comme un ermite, fit-il en se frappant la poitrine.

Il n'avait nul besoin de le jurer pour qu'on le crût. Mais il aimait assez le personnage énigmatique qu'on lui prêtait volontiers.

— Et cela vous étonne ? Je parie que cela vous étonne, répéta-t-il.

Coraline eut un petit sourire en coin en se laissant glisser avec mille précautions dans un fauteuil.

— Allez plutôt vous allonger sur ce divan. Vous serez mieux.

Elle refusa. Tant qu'elle se sentait la force de tenir debout, c'était mieux ainsi.

— Vous n'avez pas envie de vous faire dorloter ? Un médecin pour vous toute seule, profitez-en.

— Ça ira, fit-elle.

Il y avait un côté autopunition dans son attitude. Et Durieux n'insista pas. Il avait l'habitude de se confronter à la psychologie féminine. Et d'expérience, il savait ce que les femmes pouvaient endurer, sans se plaindre.

— Je dispose d'excellents analgésiques. Ce n'est pas la peine de souffrir inutilement. Vous ne seriez pas assez stupide pour ne rien dire ?

Elle trouva une position assez confortable et s'y contint sans bouger d'un pouce.

— Ce genre d'intervention nécessiterait bien trois jours d'hospitalisation. Mais je suppose que vous ne voudriez pas.

— C'est vous qui auriez des problèmes, ajouta-t-elle.

Durieux s'alluma une cigarette. Il en offrit une à sa voisine qui refusa.

— Pourquoi faut-il que nous soyons toujours placées, nous les femmes, en situation de culpabilité ?

— Je suis navré de vous avoir donné cette impression, rétorqua-t-il.

— Ce n'est pas ce que j'ai voulu dire. Vous avez été épatant. Efficace et épatant.

L'homme fixait la tablette devant lui où reposait une pile de journaux qu'il n'avait pas encore eu le temps de lire.

— Sans doute dois-je ce traitement de faveur en ma qualité de fille du docteur Fayolle.

Le médecin se leva pour déposer sa cendre dans une coupelle de verre posée sur le bureau voisin.

— Si vous n'aviez été qu'une de mes patientes ordinaires, croyez-vous que je vous aurais charcutée comme un cochon par plaisir ?

— Je ne sais pas, dit Coraline.

Elle paraissait réfléchir, toute recroquevillée sur elle-même, avec sa chevelure défaite qui lui dévorait le visage.

— J'imagine qu'un avortement pose un cas de conscience.

Durieux soupira. il n'avait pas envie de s'engager dans cette sorte de conversation.

— Il y a l'éthique et l'esprit, comme il y a la loi et l'esprit des lois.

Ainsi croyait-il résumer ce qu'il avait toujours pensé de la question, qu'il valait mieux intervenir avec une sonde stérile que laisser faire une tricoteuse avec des ustensiles plus ou moins souillés.

— Au Moyen âge, vous auriez risqué le bûcher, cher docteur.

— Pour l'heure, les sanctions de l'Ordre... La radiation... L'interdiction d'exercer mon art... La disgrâce...

— Rien de nouveau sous le soleil, dit-elle.

Durieux se leva de nouveau pour écraser son mégot. Puis, il alla mettre un disque. C'était un amateur de jazz. Tonny Bennett et Count Basie : *Poor little rich girl...* Une chanson de circonstance. Et il s'en amusa en venant remettre, avec deux doigts caressants, sa chevelure en place. Il avait envie de voir ce beau visage blessé qui se cachait. Il avait deviné ce qu'elle ressentait exactement au fond d'elle-même. Quelques larmes glissèrent sur ses joues, qu'il essuya tendrement du revers de la main.

— Ne pleurez pas. Ce n'est rien. Un accident de la vie. Bien moche, certes. Mais demain il fera soleil. Jeune et jolie comme vous êtes.

—Vous n'avez rien compris, docteur, se rebiffa-t-elle.

Elle en avait assez de la pitié des autres, de cette douceur qu'autorise la commisération. Surtout venant de

Durieux, cela relevait d'un pur comique. Après tout, qu'en avait-il à faire lui de la fille du docteur Fayolle ? Il ne l'avait jamais soignée, même quand elle était petite, ce qui eût pu expliquer quelque attachement. Tout juste s'étaient-ils rencontrés, entre deux portes, une cinquantaine de fois, au fil des années, lorsqu'elle accompagnait son père. Chaque fois, Durieux avait émis le compliment de politesse sur la manière dont les enfants grandissent, sans conviction. Ce n'avait sans doute pas suffi pour qu'il vînt à s'intéresser à elle, désormais.

— Ces larmes, avoua-t-elle pour clore le malentendu, ce n'est pas ce que vous croyez. Je ne suis pas d'un genre à m'apitoyer sur mon sort. L'imbécile qui m'a fait ça, j'en ai pris mon parti. Vous pouvez comprendre ça ? Vous semblez être un type sensible. La pratique de la médecine ne vous a pas rendu totalement indifférent. Au début, c'est vrai, bien avant de venir vous voir, je m'en suis voulu d'autant de bêtise. Je croyais que mon amant était une espèce d'artiste de la gaudriole. Il avait l'air si sûr de lui.

Durieux détourna les yeux pour masquer son envie de rire. Rarement on lui avait présenté la chose de cette manière. D'ordinaire, les femmes prenaient la faute à leur charge : erreur de calculs, de dates, négligences coupables, comme si elles voulaient avant tout protéger leur bonhomme du ridicule.

— Nous n'avons plus que des baiseurs irresponsables. Vous trouvez ça normal, vous ? Est-ce que leur mère n'aurait pas dû leur faire des leçons de morale en temps utile ? N'ont-elles pas assez souffert elles-mêmes pour agir de la sorte, avec autant de légèreté ? Au contraire, je me suis laissé dire qu'elles exhortaient leurs rejetons à forniquer à tout va, sans précaution aucune.

Le médecin s'approcha pour l'embrasser. Elle se souvenait qu'il avait eu déjà des gestes affectueux pendant l'intervention. Un trouble se dessina dans ses yeux.

— Je ne console pas toutes mes patientes. Même quand je découvre un de ces horribles cancers. Il se trouve que j'éprouve de la sympathie pour vous.

Durieux reprit sa place derrière sa tablette. Il s'empara de son paquet de cigarettes, puis renonça. Il n'aimait pas fumer en état de nervosité.

— Je peux vous préparer un thé, si vous voulez. Avec une feuille de menthe fraîche.

Coraline sourit faiblement. Elle pensait que c'était décidément une bien mauvaise idée que d'avoir accepté l'invitation du médecin. Avec tous les antibiotiques qu'elle avait avalés, elle ne risquait rien. Mais peut-être avait-il tenu à l'installer chez lui pour se faire une compagnie à peu de frais. Un moment de spleen.

— Ces larmes..., reprit-elle, c'était en songeant à ma mère. Je me disais qu'elle aurait pu avorter, elle aussi, en 43.

Durieux hocha la tête.

— Et dire qu'Adeline aurait pu en terminer avec moi comme je viens de le faire, répéta la jeune femme d'un air rêveur.

Coraline porta les mains à son visage pour dissimuler son envie de pleurer.

— Votre mère vous a gardée parce qu'elle aimait Rochelle, avança Durieux. C'est aussi simple. Et vous, je suppose, vous n'aimez pas l'homme qui vous a fait cet enfant...

— Je ne sais pas s'il n'y a pas eu de l'égoïsme.

Le docteur se décida à griller une nouvelle cigarette.

— L'amour renverse tous les obstacles de la vie. Si vous aviez aimé ce garçon, vous auriez su le retenir.

— J'ai compris qu'il ne le voulait pas. Et je me suis sentie coupable de le mettre au monde, seule. Comment appelez-vous ça, vous ?

Comme il le lui avait proposé, Durieux revint avec deux tasses de thé. Il l'obligea à boire. Elle n'en avait aucune envie. Il alla ensuite chercher une serviette de bain et essuya les larmes sur son visage.

— Maintenant, il faudrait que vous puissiez dormir un peu. Faire le vide en vous. Tout oublier. Et ne plus rêver qu'à une vie toute neuve.

Il tendit la main pour lui prendre la sienne. Elle hésita. Ça l'agaçait cette sollicitude, comme l'avait agacée celle d'Izabelle à Paris. Il avait juste posé le pouce sur son pouls et comptait mentalement les pulsations. Durieux parut rassuré.

— Franck pratique-t-il aussi des avortements ?

— Comment voulez-vous que je vous réponde ?

— Vous ne me le diriez pas ?

Il haussa les épaules.

— Ce n'est pas facile d'être médecin. Et il y a des cas de conscience plus graves encore que l'avortement. Certains cancers, en phase terminale… Est-il moral de laisser souffrir des malades qui souhaitent en finir au plus vite ? En accélérant les prises de morphine, on provoque un coma.

— Vous l'avez fait ?

— Bien entendu.

Le docteur l'accompagna dans la chambre d'amis. Du moins était-ce ainsi qu'il nommait cette pièce austère. Durieux n'aimait pas assez les femmes pour partager sa couche avec elles. Lubie de célibataire endurci.

— Vous consentez tout de même à venir les border ? plaisanta Coraline.

— Ou leur lire une histoire pour les endormir, ajouta-t-il en pressant la poire de la lampe de chevet.

* * *

De retour à La Nadalie, un message l'attendait en provenance de Cologne. Coraline décacheta vivement l'enveloppe. Betsy Liancourt n'avait guère tardé à répondre. C'était plutôt un bon point. Et elle sortit sur la terrasse, loin du regard scrutateur de sa mère.

Très chère Coraline,

*J'ai lu d'un trait, aussi vite qu'il est possible, parfois en m'aidant de notre Steinway dont nous disposons pour les répétitions, vos dix-huit pièces d'*Eloges sur des poèmes de Saint-John Perse. *Comment vous décrire ma joie ? Je suis emballée, ma chère. Et ce n'est pas dans ma bouche un effet de style. Vous pouvez me croire. Je suis plutôt avare de compliments. Du reste, vous m'en avez assez voulu de mes intransigeants jugements. Cette fois, vous m'avez offert une si belle œuvre que j'en ai encore les larmes aux yeux. Un travail de compositeur comme il en est peu dans cette période d'apparente facilité où l'on confond le savoir-faire de la haute technicité — le high-tech comme on dit — avec l'art aussi pur qu'un cristal. Je suis fière de vous avoir eu pour élève, ma chère Coraline. Désormais je ne pourrai plus parler de la sorte, puisque je n'ai plus rien à vous apprendre. Tout l'avenir de votre art, enfin, vous ne pourrez plus le tirer que de vous-même. Cela suppose de nouvelles obligations. Vous voici condamnée à ne cesser d'être à cette hauteur-là, des* Éloges. *Que d'effort, de sacrifice, de souffrance, en perspective…*

Mais aussi, que de satisfaction, d'enchantement... Il n'est rien au-dessus de nous que le bonheur de créer, et de se dire, une fois la tâche accomplie : il faudra compter avec cela aussi !

Je n'ai pas perdu de temps. J'ai déjà « intrigué » pour vous. Dans votre dos. Je sais que vous ne m'en voudrez pas. Mes relations vont vous aider, comme j'aurais aimé, de même, en mon temps, qu'il se soit trouvé sur mon chemin une bonne fée. Je serai votre bonne fée, si vous le voulez bien.

Aux prochaines journées du Festival de Donaueschingen, nous inscrirons vos 18 pièces. J'ai fait préparer un contrat. Vous n'aurez plus qu'à le signer. La soprano Pressica Lortange est disposée à donner votre ouvrage. Nous ne pouvons souhaiter meilleure interprète. Elle fut divine, comme vous le savez sans doute, dans Lulu *de Berg. Elle donnera à votre* Éloges *tout l'accent nostalgique qu'il convient.*

De plus, cette semaine, je me suis rendue à Cologne, à la WDR, où je ne compte que des amis fidèles et dévoués. Le directeur des programmes musicaux Tib Humbach m'a donné l'assurance d'enregistrer votre œuvre et de la diffuser ultérieurement. La radio de Cologne est une référence absolue pour une jeune compositrice comme vous. Ne manquons cette ouverture sous aucun prétexte.

Faites-moi vite connaître votre sentiment...

Votre dévouée Betsy Liancourt.

Coraline replia la lettre précautionneusement avant de la replacer dans son enveloppe. Puis elle poussa un grand soupir. C'était comme si elle venait, soudain, de gagner quelque chose de rare, sur un simple coup de dé. Pourtant, elle avait douté d'elle-même jusqu'au dernier moment, douté du jugement de Betsy, de sa bonne étoile. Mais elle ne s'autorisa pas pour autant de sauter de joie, comme elle eût pu le faire s'agissant de la première grande victoire qu'elle venait de remporter de son existence. Il lui sembla même n'avoir vécu jusqu'alors qu'en pointillés, l'insatisfaction accrochée aux basques. Ce qui lui prêtait souvent un air sombre. Et lorsqu'Adeline lui demanda si c'était là une bonne nouvelle, elle répondit par une moue d'indifférence. Rien ne prouvait que l'ouvrage serait bien accueilli à Donaueschingen. Tant d'œuvres prometteuses n'avaient-elles pas sombré au premier soir ? Le plus dur restait donc à accomplir. Et une telle perspective ne pouvait que la rendre humble.

Aussi remonta-t-elle, comme si de rien n'était, dans sa chambre. Elle se remit au travail. Toute la ligne vocale de la première scène des *Sorcières* était déjà esquissée. Il ne restait plus qu'à composer la partie orchestrale. Pour ce faire, elle avait prévu un petit ensemble de cordes avec bande magnétique, un glockenspiel, un célesta et quelques autres instruments préparés.

Le lendemain, sans autre explication, Coraline prit le premier train pour Paris. Elle passa en coup de vent dans son appartement de la rue Camou. La boîte aux lettres était garnie. Essentiellement, des missives de Renaud. Elle les jeta dans la poubelle de l'entrée, sans les ouvrir. A l'Écritoire, Izabelle était seule. Façon de parler. Comme d'habitude, entourée de garçons insignifiants. Mais pas l'ombre de Frédérik.

— C'est fini, dit-elle avec un sourire contrit. Une semaine, jour pour jour, après la prise de l'Odéon.

— Qu'est-il devenu ?

— Je ne sais pas et je ne veux pas le savoir. Mais quand même, nous nous sommes bien amusés.

— Tu ne regrettes rien ?

— Jamais, s'écria Izabelle. Et toi ?

— Fini aussi.

Izabelle tint à l'accompagner à Orly. Le Boeing 707 de la Lufthansa, à destination de Cologne, décolla dans les premiers feux du crépuscule.

Cet ouvrage a été imprimé en France par

CPI
France Quercy
à Mercuès (Lot)

N° d'impression : 90656/
Dépôt légal : avril 2009